Endstation Hönggerwehr

Herstellung und Verlag:
BoD - Books on Demand, Norderstedt
ISBN 978-3-7431-6243-3

Endstation Hönggerwehr

von Peter J. Hoff

Ein Kriminalroman
aus der Reihe

Zürich, im Licht der Dunkelheit

Band 4

„Das ist wohl das Allerletzte!", schrie Bettina Probst ihren langjährigen Freund, Thomas Wilchinger, an. „Ausgerechnet mit unserer besten Freundin betrügst du mich. Ich hatte geglaubt, wir würden uns gegenseitig respektieren aber du schreckst ja vor gar nichts zurück. Pfui Teufel, was bist du nur für ein erbärmlicher, schwanzgesteuerter Miesling. Ich hasse dich! Wenn ich heute Abend von der Arbeit nach Hause komme, will ich dich nicht mehr sehen. Pack deine Koffer und verschwinde für immer aus meinem Leben".
Nach diesen Worten knallte sie die Haustüre zu und verliess die gemeinsame Wohnung. Kaum draussen, öffnete sie die Türe noch einmal, streckte den Kopf herein und schrie: „Den Schlüssel kannst du in den Briefkasten werfen".
Daraufhin ging sie weg und begab sich auf den Weg zu ihrer Arbeit im nahe gelegenen Polizeiposten.

*

„Halt, Stopp!» schrie Sämi Stutz auf dem Beifahrersitz des Streifenwagens. „Was ist nur mit dir los heute"? fragte er erschrocken seine Streifenpartnerin Bettina Probst. „Vorhin hast du an der Dörflistrasse beinahe eine Fuss-

gängerin übersehen und jetzt wärest du voll über das Rotlicht gefahren, wenn ich dich nicht gewarnt hätte. Stimmt etwas nicht? Du fährst doch sonst nicht so Auto, was hast du?"
„Nichts" kam die kurze Antwort. Dabei steuerte Bettina den Streifenwagen auf einen Parkplatz am Strassenrand und stieg aus. „Bitte übernimm du das Lenkrad" sagte sie zu ihrem Streifenpartner. „Ich habe heute den Kopf nicht bei der Sache.»
Die beiden wechselten die Plätze und Sämi lenkte den Streifenwagen wieder in den Verkehrsfluss.
„Was ist los mit dir"? liess er nicht locker. „Komm schon, rede mit mir wenn dich etwas so sehr beschäftigt, dass du nicht mehr Autofahren kannst. Wir kennen uns nun schon mehrere Jahre und wir sind seit drei Jahren miteinander auf Streife. Wir verbringen zusammen fast mehr Zeit als mit unseren Partnern, da wirst du mir doch etwas Privates anvertrauen können. Wir müssen uns in gefährlichen Situationen blindlings auf einander verlassen können und das geht nur, wenn wir gegenseitig vollstes Vertrauen haben".
„Ich will nicht" drückte sie sich herum. Daraufhin herrschte während mehreren

Minuten totales Stillschweigen. Die Stimmung war einerseits sehr bedrückt, andererseits aber auch total angespannt.

„Er betrügt mich" würgte Bettina schliesslich hervor.

„Wer? Was? Dein Thomas? Wie kommst du darauf"?

„Gestern Abend bin ich unerwartet nach Hause gekommen, weil mein Volleyball-Training ausfiel. Da habe ich die beiden auf dem Sofa im Wohnzimmer erwischt. Kannst du dir das vorstellen? Auf unserem gemeinsamen Sofa? Ich weiss nicht, ob ich mich jemals wieder werde darauf setzen können".

„Ich will ja nichts beschönigen" versuchte Sämi Stutz seine Streifenpartnerin zu trösten, „aber vielleicht war es ein einmaliger Ausrutscher ohne ernsthafte Absicht".

„So etwas kann nur ein Mann sagen" erwiderte sie. „Natürlich ist es kein Ausrutscher. Ich bin ja bestimmt tolerant aber wenn dein Partner dich mit deiner besten Freundin betrügt, dann kannst und willst du es nicht glauben. Du meinst die Welt müsse untergehen. Das bringt einfach das grösste Fass zum Überlaufen. Verstehst du das"?

„Das kann ich gut nachvollziehen, auch wenn ich ein Mann bin" gab er indirekt Antwort auf

ihre versteckte Anschuldigung. „Was heisst denn mit der besten Freundin? Sollte ich sie kennen"?
Bettina wollte zuerst nicht herausrücken mit dem Namen, schliesslich gab sie sich aber einen Ruck.
„Du kennst doch Bruno Krieg vom technischen Dienst oder"?
„Ja, sicher, was ist mit dem"? fragte Sämi Stutz seine Streifenpartnerin.
«Bruno hat mit mir zusammen die Polizeischule absolviert. Wir sassen während der ganzen Ausbildung nebeneinander. Er wurde ein guter Freund von mir, ohne, dass jemals sexuelle Gefühle aufgekommen wären. Er war einfach ein toller Kumpel. Als er dann seine Sonja geheiratet hat, war ich Brautführerin. Seither treffen wir uns regelmässig, einmal bei uns und das andere Mal bei ihnen zum Nachtessen oder so. Wir machen auch Ausflüge, gehen ins Kino oder an sonstige Veranstaltungen etc. Wir waren schon mal zusammen einige Tage im Südtirol. ...Alles war perfekt und jetzt betrügt er mich mit Sonja. Ausgerechnet mit Sonja. Das kann ich ihm nie verzeihen".
Die letzten Worte fielen ihr sehr schwer. Sie musste mehrmals schlucken und nun begann

sie zu weinen und grosse Tränen rannen ihr über die Wangen. Sie war nicht mehr in der Lage, weiter zu erzählen.

Sämi Stutz liess ihr Zeit sich wieder zu fassen und fragte deshalb nicht weiter. Eigentlich wusste er schon genug, das heisst er konnte sich die Fortsetzung der Geschichte im Kopf ausmalen.

„Weisst du", sprach Bettina weiter nachdem sie sich wieder ein wenig gefasst hatte, „das Schlimmste daran ist, dass ich nicht nur meinen Partner verloren habe, sondern auch meine beste Freundin. Ob die Freundschaft zwischen mir und Bruno Krieg unter diesen Umständen weiterhin aufrechterhalten werden kann ist mehr als fraglich."

Sämi Stutz hätte gerne geantwortet und einige tröstende Worte zu seiner Streifenkollegin gesagt, aber die Worte blieben ihm im Hals stecken, zumal Bettina jetzt wieder zu weinen begann.

Als es schien Bettina hätte sich erholt, versuchte es Sämi Stutz noch einmal.

„Bist du dir ganz sicher, dass es so war wie du es dir ausmalst oder könntest du dich auch getäuscht haben und es war gar nicht so schlimm wie es ausgesehen hat"?

«Wenn zwei Erwachsene splitternackt auf einem Sofa liegen, dann wollten sie wohl kaum nur Musik hören oder Briefmarken anschauen" antwortete Bettina gereizt.
„Ja natürlich, wenn es so ist, dann besteht natürlich kein Zweifel" gab er sich geschlagen. Was willst du jetzt machen? Wie soll es weitergehen"?
„Das weiss ich noch nicht. Ich habe ihn erst mal aus der Wohnung geschmissen. Ich bin froh, dass die Wohnung noch immer auf mich lautet. Ich habe ihm gesagt, dass ich ihn nicht mehr sehen will wenn ich heute Abend nach Hause komme. Ich hoffe, er hält sich auch daran".
„Das kann ich verstehen. Das ist wirklich eine Scheiss-Situation. Du bist tatsächlich nicht zu beneiden".
Nun meldete sich die Einsatzzentrale: *„Fahrt bitte sofort an die Verzweigung Wallisellen-/ Thurgauerstrasse, dort hat sich ein Verkehrsunfall mit Körperverletzung zwischen zwei Personenwagen ereignet. Eine Frau und ein Kind sind offensichtlich schwer verletzt. Die Sanität ist unterwegs."*
Auch wenn dies alles andere als ein schönes Ereignis ist, so waren beide irgendwie froh darüber, sich auf andere Dinge konzentrieren

zu müssen und die schwierige private Situation wenigstens für einen Moment verdrängen zu können.

*

Drei Wochen später:
Nach einem um drei Tage verlängerten Wochenende, an welchem ich mit Karin eine Motorradtour ins benachbarte Österreich unternommen hatte, kam ich am Donnerstagmorgen gutgelaunt in mein Büro wo mich mein Arbeitspartner Alain Bayard erwartete.
„Na, hast wohl ein schönes, langes Wochenende in Österreich verbracht, so wie du heute strahlst" meinte er zur Begrüssung.
„Absolut, kann ich nur sagen. Es hätte besser nicht sein können. Das Wetter war prächtig, die Hotels einmalig gemütlich und das Essen vom Feinsten. Karin und ich haben es richtig genossen. Ich habe jedenfalls keinen Augenblick die Polizeiarbeit vermisst. Wenn ich ehrlich bin, auch dich nicht." musste ich noch einen kleinen Seitenhieb losschicken. „Der einzige Nachteil ist, dass ich heute wieder hier in unser ungemütliches und tristes Büro kommen muss. Ich hätte es noch sehr lange dort ausgehalten, das kannst du mir glauben".

Noch während ich sprach begab ich mich zur Kaffeemaschine und liess mir erst mal einen starken Kaffee durchlaufen.
Ich setzte mich an meinen Platz und begann am Bildschirm das Journal der vergangenen Tage zu durchstöbern, damit ich auf dem Laufenden bin, wenn ich gefragt oder gar gebraucht werde.
Kaum hatte ich die Gewaltdelikte des vergangenen Wochenendes überflogen, trat unser Chef ins Büro.
„Guten Tag zusammen. Der Tag scheint ja gut zu beginnen", sprach er ziemlich nervös. Noch hatte er die Ruhe welche seinen Vorgänger auszeichnete, nicht gefunden. Ob er es jemals schaffen würde, konnte ich noch nicht sagen. Tatsache ist, dass er sich schon gewaltig verbessert hatte im Umgang mit uns, gegenüber seinen Anfängen auf diesem Posten. Man konnte inzwischen sehr gut und selbständig arbeiten, ohne ihm jedes Mal Rechenschaft abzuliefern. Das war anfänglich ganz anders. *(siehe Band 2 „Wellen am ruhigen Seeufer")* Zum Abschluss der letzten Woche hatte er einen grosszügigen Apéro offeriert. Dies aus Dank für unsere Arbeit und auch aus Erleichterung darüber, dass wir den Mann hatten festnehmen können, welcher es auf mein Leben

abgesehen hatte. (*Siehe Band drei; «Vergessen? Nie!»*) Bei dieser Gelegenheit hatte er uns allen das «Du» angeboten. Es ist unglaublich, was so eine kleine Geste ausmacht. Plötzlich war er nicht mehr der über uns Stehende, sondern ein Teil unseres Teams, ohne dabei den Respekt oder die Autorität einzubüssen.

„Ein Angestellter vom Wasserwerk", fuhr er fort, „hat eine männliche Leiche entdeckt im Rechen am Hönggerwehr als er heute Morgen seine Arbeit aufnehmen wollte. Nun ist die Leiche aus dem Wasser gehoben worden und der ausgerückte IRM Arzt, Dr. Frehner, hat festgestellt, dass der Mann erschossen wurde. Man kann demzufolge von einem Unfall absehen. Es handelt sich ganz klar um ein Tötungsdelikt". Ich möchte, dass ihr beide euch dem Fall annehmt".

„Weiss man schon um wen es sich handelt"? fragte ich noch nach.

„Nein, leider nicht. Der Mann trug scheinbar keinerlei Papiere auf sich".

*

Bei unserem Eintreffen am Fundort der Leiche, war bereits das Leichenzelt aufgestellt und darunter hatte der Gerichtsmedizner den

Toten ausgezogen um eine erste Leicheninspektion vor Ort durchzuführen.
Die Forensiker waren damit beschäftigt, Fingerabdrücke des Toten zu nehmen, um ihn eventuell dadurch identifizieren zu können.
„Guten Morgen Dr. Frehner" begrüsste ich den Arzt. Er schien wie immer, sehr in sich gekehrt und konzentriert. Er war nicht ein grosser Redner, aber seine Erkenntnisse waren oftmals Gold wert.
„Guten Morgen Herr Buck" murmelte er vor sich hin, ohne von der Leiche aufzuschauen. Offensichtlich kannte er meine Stimme.
„Und, können sie schon etwas sagen"? fragte ich neugierig.
„Nur, dass es sich um eine männliche, ca. 30-35 jährige Person handelt, welche nicht ertrunken ist, sondern ermordet wurde. Aufgrund der Leichenflecken, lag der Mann nach seinem Tod mindestens zwei bis drei Stunden irgendwo auf dem Rücken und wurde erst danach ins Wasser geworfen. Das dürfte in den vergangenen ca. 24-36 Stunden erfolgt sein. In der linken Brust ist eine Einschussstelle sichtbar. Einen Ausschuss sieht man nicht. Die Kugel muss demzufolge noch im Körper stecken. Alles andere werde ich erst nach der Obduktion sagen können".

„Danke Herr Doktor"
Ich verliess das Leichenzelt und begab mich zu den herumstehenden Polizisten.
„Weiss schon jemand um wen es sich handelt"? fragte ich in die Runde.
„Nein", antwortete mir ein dunkelhaariger felsenähnlicher zwei Meter Mann. „Der Tote trug nur Joggingkleider und auch die Spurensicherer und Forensiker haben meines Wissens keinerlei Papiere auf ihm gefunden".
In dem Moment fuhr ein blauer Peugeot auf den Parkplatz neben dem Wehr. Aus dem Wagen stieg der zuständige Staatsanwalt, Hermann Rupp. Ich begrüsste ihn und erklärte ihm die spärlichen Erkenntnisse die wir bis jetzt schon hatten.
„Wir werden sofort mit der Identifikation des Opfers beginnen und hoffen, bald etwas herauszufinden was uns weiterhelfen kann. Wir melden uns, sobald es Neuigkeiten gibt", versprach ich ihm und mit diesen Worten verabschiedeten wir uns auch schon von ihm. Angesichts dessen, dass die Leiche hier angeschwemmt wurde, gab es logischerweise hier auch keine Tatzeugen. Somit war die Tatortarbeit für uns auch schon beendet und ich kehrte mit Alain in unser Büro zurück. Auch der Staatsanwalt zog wieder von dannen

nachdem er einen Blick auf den Toten im Zelt geworfen und ein paar Worte mit dem Gerichtsmediziner gewechselt hatte. Was es hier noch zu machen gab, konnten wir getrost den Forensikern und Dr. Frehner überlassen.

*

„Gehst du mal alle Vermisstenanzeigen der letzten, sagen wir, zwei Wochen durch?", fragte ich Alain, als wir in unser Büro zurückkamen. „Ich werde mich mal um das Bild für die öffentliche Fahndung kümmern. So wie der Tote ausgeschaut hatte im Leichenzelt, können wir ihn unmöglich in der Zeitung abbilden".
Ich begab mich deshalb zum Fotodienst wo ich auf Köbi Müller stiess.
„Hallo Köbi" begrüsste ich den Kollegen. „Ich hätte wieder einmal eine heikle Aufgabe für dich".
„Um was geht es denn diesmal"? fragte er interessiert.
„Du sollst aus einem hässlichen Gesicht ein anschauliches machen. Glaubst du, dass du das schaffst"?
„Warum? Willst du dich in einer Partner Börse im Internet anbieten? Das scheint mir fast unmöglich. Aus deinem Gesicht ein hübsches zu machen ist schwieriger als aus einer Maske

vom Lötschental". Damit versuchte er mich auf kollegiale Art zu provozieren.

„Das kann ich jetzt nicht verstehen. Als ich letztmals Passfotos machen liess, hat der Fotograf gesagt, ich dürfe jetzt kein bisschen mehr schöner werden, sonst könne man mich nicht mehr fotografieren sondern nur noch zeichnen"! gab ich ohne zu überlegen zurück. Damit waren unsere üblichen Streicheleinheiten vorerst erledigt und wir wurden wieder ernsthafter.

Ich zeigte ihm die Fotos von der Wasserleiche und bat ihn, diese so fototauglich wie möglich, für die Öffentlichkeit zu bearbeiten. Ich wusste die Bilder waren bei ihm in den besten Händen. Wenn einer sowas bewerkstelligen konnte, dann Köbi Müller.

Danach ging ich zu Alain zurück ins Büro.

„Nichts. Keinerlei Vermisstenmeldungen im ganzen vergangenen Monat, die zu dieser Leiche passen würden. Ich habe die Meldungen aller Kantone durchkämmt. Ich denke, wir müssen via Interpol das Bild verbreiten".

„Damit bin ich einverstanden, aber ich glaube, es ist noch zu früh. Schauen wir zuerst was der Aufruf in den Zeitungen bringt. Danach

können wir immer noch ans Ausland gelangen. Was meinst du"?
„Stimmt. Die Leiche rennt uns ja nicht mehr weg und das im wahrsten Sinne des Wortes".
„Vielleicht bringt ja die gerichtsmedizinische Untersuchung auch noch irgendwelche Hinweise. Wer weiss?" Fügte ich noch an.

*

Am nächsten Tag waren wir noch nicht weiter gekommen. Niemand schien den Toten zu vermissen.
Heute stand die Obduktion der Leiche an. Da wir zurzeit eher ratlos waren und nichts anderes unternehmen konnten, begaben Alain und ich uns gemeinsam zur Universität Irchel, welche das Gerichtsmedizinische Institut beherbergt.
Nachdem wir uns bei der Rezeption angemeldet und unsere Ausweise gezeigt hatten, rief uns die Rezeptionistin durch die Glasscheibe zu:
„Sie finden ja den Weg." Gleichzeitig betätigte sie den Türöffner. Wir bedankten uns und begaben uns Richtung Untergeschoss, wo sich die Sektionsräume befinden.

Die Vorbereitungen zur Sektion waren bereits beendet und die Leiche lag auf dem Obduktionstisch.

Dr. Frehner nahm die Sektion persönlich vor und ein Assistenzarzt stand ihm bei. Zusätzlich war noch eine Helferin dabei, welche ich schon seit vielen Jahren kenne. Sie rasierte die betroffenen Stellen, schnitt die Schädeldecke mit einer speziellen Trennscheibe auf und führte weitere Hilfsarbeiten aus, welche nicht zwingend von einem Arzt ausgeführt werden müssen.

Dr. Frehner seinerseits steckte eine dieser bekannten überdimensionalen Stricknadeln in das Einschussloch im Oberkörper um den Schusskanal zu erforschen. Danach öffnete er den Brustkorb.

Nach genauster Untersuchung des Körperinnern fand er die Kugel in der Wirbelsäule, in einem der oberen Brustwirbel. „Nach meiner Schätzung und aufgrund der Grösse des Einschusslochs, dürfte es sich um ein 9mm Kaliber handeln". Sagte ich zu Alain aber das sollen die Ballistiker später genau feststellen.

„Die Kugel hat das Herz durchschlagen und noch weitere lebenswichtige Organe beschädigt, ehe sie schliesslich stecken blieb, erklärte uns der Arzt. „Der Mann hatte keinerlei

Überlebenschancen. Sein Herz dürfte augenblicklich stehen geblieben sein, nachdem es dermassen verletzt war. Ich schätze, die Überlebenszeit auf null bis eine Minute".
„Was können sie zur Schussabgabe sagen"? wollte ich noch wissen.
Aufgrund des Einschusskanals, dürfte der Täter ungefähr gleich gross gewesen sein wie das Opfer. Die Distanz der Schussabgabe schätze ich auf vier bis fünf Meter".
„Gibt es schon Hinweise auf den Todeszeitpunkt"? fragte ich.
„Sehr schwierig. Wir wissen nicht, wie lange die Leiche im Wasser gelegen hat und demzufolge ist es nicht einfach, etwas zur Tatzeit zu sagen. Sicher ist, wie ich schon gesagt habe, dass die Leiche mindestens zwei bis drei Stunden auf dem Rücken gelegen hat, ehe sie ins Wasser geworfen wurde. Ich schätze den Todeseintritt auf 12-24 Stunden vor Leichenfund. Mit anderen Worten, Mittwoch, zwischen 08:00 und 20:00 Uhr.
„Na, das ist doch schon mal etwas" fügte ich noch bei.
„Gibt es irgendwelche Abwehr, bzw. Kampfspuren"?
„Nein, absolut nichts. Jedenfalls soweit sich das noch sagen lässt, nachdem die Leiche

einige Zeit im Rechen des Wasserwehres gelegen hat und stark umspült wurde".

Wir warteten noch, bis die Kugel aus der Wirbelsäule heraus „operiert" war, damit wir sie zuhanden der Ballistiker sicherstellen konnten. Danach fuhren wir in unsere Dienststelle zurück.

*

Schon kurz nach dem Eingang ins Gebäude der Kriminalpolizei hielt uns eine junge Polizeibeamtin an.

„Ihr seid doch mit dem Mord vom Hönggerwehr beschäftigt oder"? fragte sie uns.

„Ja, warum, was gibt's"?

„Ein Herr Kuratli, vom Personalbüro der SBB am Hauptbahnhof ist bei mir im Anzeigezimmer. Er vermisst einen Mitarbeiter vom Innendienst. Ich dachte, das könnte euch eventuell interessieren".

„Und ob uns das interessiert! Gut gemacht, danke. Wenn du die Anzeige aufgenommen hast, bring ihn doch bitte zu uns ins Büro. Vielen Dank", lobte ich sie.

Nun stieg unsere Hoffnung natürlich, den Toten endlich identifizieren zu können.

Es dauerte ca. eine halbe Stunde, bis die Beamtin diesen Herrn Kuratli in unser Büro brachte.
Ich bedankte mich bei ihr und bot dem Anzeigeerstatter einen Stuhl an.
„Mein Name ist Martin Kuratli. Ich leite das Personalbüro der SBB in Zürich und habe soeben eine Vermisstenanzeige von einem unserer Mitarbeiter aufgegeben. Die junge Polizistin hat mir dann erklärt, dass ich noch zu ihnen müsse und sie mir eventuell weiter helfen könnten."
Während er dies sagte, musste er mehrmals husten, als hätte er etwas im Hals.
„Möchten sie ein Glas Wasser oder einen Kaffee"? fragte ich ihn deshalb.
„Einem Glas Wasser wäre ich nicht abgeneigt, danke".
Alain holte eine Flasche Mineralwasser und schenkte ihm einen Becher davon ein. Danach schien sich sein gereizter Hals zu beruhigen.
„Dann erzählen sie doch mal was sie über ihren verschwundenen Mitarbeiter wissen", forderte ich ihn auf.
„Bei Thomas Wilchinger, handelt es sich um einen langjährigen, sehr zuverlässigen und pflichtbewussten Angestellten. Als er vergangenen Donnerstag nicht zur Arbeit erschien,

machte ich mir Sorgen. Wenn er krank wäre, dann hätte er sich mit Sicherheit bei mir abgemeldet. Ich versuchte ihn deshalb telefonisch zu erreichen, doch nahm er sein Telefon nicht ab. Nun ist es bereits Freitag und er hat sich noch immer nicht gemeldet, das entspricht absolut nicht seiner Art und ich bin mir sicher, es muss etwas passiert sein".

„Der Mann heisst also Thomas Wilchinger, wenn ich sie richtig verstanden habe. Haben sie vielleicht noch sein Geburtsdatum"?

„Ja, natürlich. Ich habe sein Personalblatt mitgenommen". Dabei zog er ein A-4 Blatt aus seiner mitgebrachten dünnen Ledermappe.

„Er ist geboren am 25. September 1980".

„Haben sie auch noch seine Adresse"? wollte ich wissen.

„Leider nein. Die Adresse welche ich habe ist schon lange nicht mehr gültig. Bei seinem Eintritt bei uns, wohnte er noch in Dübendorf. Soviel mir bekannt ist, ist er vor einigen Jahren zu seiner Freundin gezogen. Von dieser habe ich aber leider keinerlei Angaben".

Kennen Sie den Namen der Freundin"?

„Ich glaube, sie heisst Betty, oder Bettina oder ähnlich. Den Familiennamen kenne ich leider nicht und wie gesagt, auch deren Wohnort ist mir nicht bekannt".

„Sie haben mir gesagt, dass sie mehrmals versucht hätten, ihn anzurufen. Können sie mir bitte seine Telefonnummer geben"?
„Ja, natürlich". Dabei schrieb er die Nummer auf einen Zettel. Es handelte sich um eine 079er Nummer, also eine Handynummer.
„Ein Foto von diesem Thomas Wilchinger haben sie nicht zufällig" fragte ich hoffnungsvoll.
„Nein. Hier jedenfalls nicht. In meinem Büro habe ich einige Fotos von der diesjährigen Betriebsfeier. Darauf könnte er eventuell abgebildet sein".
Ich sprach mich mit Alain ab und wir beschlossen, dass er Herrn Kuratli anschliessend an diese Befragung in sein Büro begleiten würde um diese Fotos abzuholen.
„Wie war denn das Verhältnis von Thomas Wilchinger mit den anderen Angestellten"? fragte ich ihn.
„Wie es halt in der Geschäftswelt so läuft" gab Herr Kuratli von sich. „Einige sind gute Freunde und andere eher als Rivalen einzustufen".
„Und wie war das bei Herrn Wilchinger"?
„Herr Wilchinger war ein sehr strebsamer, junger Mann. Erst vor einem Monat wurde er zum Gruppenchef befördert. Es wäre wirklich

ein grosser Verlust für uns, wenn er nicht mehr kommen würde".
„Waren noch andere Kandidaten im Rennen um diesen Gruppenchef Posten"? Wollte ich noch wissen, denn schliesslich wäre es nicht der erste Mord wegen sowas.
„Ja, natürlich. Es waren noch zwei andere Mitbewerber aber ich bin mir sicher, dass die Wahl von Thomas Wilchinger die richtige war".
Wie heissen denn die beiden anderen Kandidaten"?
Da ist einmal Rolf Brunner. Den kann man sicher nicht als Freund von Thomas Wilchinger bezeichnen. Der zweite ist Markus Stadelmann. Ein eher ruhiger Typ, der mit niemandem Streit sucht und es allen recht machen will".
„Herr Kuratli, können sie dafür sorgen, dass diese beiden zu uns ins Büro kommen oder ist es ihnen lieber, wenn wir sie selbst vorladen"?
„Ich kann das schon, nur weiss ich nicht, wie ernst es die beiden nehmen, wenn ich es ihnen sage. Vielleicht ist es besser, wenn sie die beiden selbst kontaktieren".
„OK, dann machen wir das".
Herr Kuratli gab uns noch die Telefonnummern der beiden und erhob sich von seinem Stuhl.

„Vielen Dank, Herr Kuratli, sie haben uns sehr viel geholfen. Ich befürchte leider, dass ihrem Mitarbeiter etwas zugestossen ist. Machen sie sich schon mal darauf gefasst, dass Herr Wilchinger eventuell nicht mehr zur Arbeit erscheinen wird. Mehr kann und darf ich ihnen zurzeit nicht sagen. Hoffen wir, dass ich mich irre und sein Verschwinden einen ganz anderen Hintergrund hat".
Mit diesen Worten verabschiedete ich mich von ihm und Alain begleitete den Mann in sein Büro im Hauptbahnhof.

*

Ich machte mich in der Zwischenzeit mal an die Arbeit und suchte mit den vorhandenen Angaben in unseren Systemen nach einem Mann mit dem vorgegebenen Namen und Geburtsdatum, was eigentlich nicht allzu schwer sein dürfte.
Der gesuchte Mann war anscheinend durch und durch sauber, denn ich fand keinerlei Hinweise auf ihn. Er war zwar im Besitze eines Führerscheines, aber die angegebene Adresse schien nicht mehr aktuell. Offensichtlich hatte er beim Adresswechsel den Führerschein nicht umgeschrieben. An der dort in Dübendorf angegebenen Adresse wohnte jedenfalls kein

Thomas Wilchinger. Im Verzeichnis der Einwohnerkontrolle der Stadt Zürich, konnte ich aber seine Eltern ausfindig machen, welche an der Gubelstrasse in Zürich Oerlikon wohnten.
Kaum hatte ich sie gefunden, erschien auch Alain wieder im Büro und legte mir zwei Fotos auf den Tisch, welche mehrere Leute an einer Party, oder eben an einem Betriebsfest zeigten.
Darauf war unser Toter abgebildet. Es schien kein Zweifel darüber, dass es sich um ihn handelte.
Jetzt rief ich die Eltern des Verstorbenen an. Ich kündigte unseren Besuch an und bat sie, zuhause zu bleiben.
„Komm, lass uns aufbrechen, nach Oerlikon zu seinen Eltern.

*

Alain hatte nur knapp die Glocke betätigt, da öffnete uns auch schon ein ca. 60 jähriger Mann die Haustüre. Es schien mir beinahe, als hätte er hinter der Türe auf unser Klingeln gewartet. Der Mann hatte schütteres Haar und trug eine dunkle Hornbrille. Dazu Hausschuhe, braune Hosen und eine dünne Strickjacke.

„Buck ist mein Name und das ist mein Kollege Bayard" stellte ich uns vor. Wir sind von der Kriminalpolizei und möchten gerne mit ihnen reden. Sie sind doch Herr Wilchinger oder"?
„Aber bitte, kommen sie doch herein" mit einer Handgeste bat er uns in die Wohnung. Es handelte sich um eine typische Altwohnung in einem Mehrfamilienhaus. Das Wohnzimmer war gegenüber heutigen Wohnungen sehr klein und auch der Eingang mit dem Korridor war ziemlich schmal. Dafür waren die Räume umso höher. Die Wohnung schien sehr gepflegt, sauber und aufgeräumt.
„Nehmen sie doch bitte Platz." Mit diesen Worten zeigte er auf das braun/beige gemusterte Sofa. „Möchten sie etwas trinken, einen Kaffee vielleicht oder ein Glas Wasser"?
„Nein, danke, das ist sehr nett von Ihnen". Nun erschien auch die Frau des Hauses. Sie trocknete sich die Hände an ihrer Schürze. Es war eine dieser Schürzen wie die Hausfrauen sie früher den ganzen Tag trugen. Die Frau sah uns ein wenig misstrauisch an. Vielleicht vermutete sie, dass wir keine frohe Botschaft überbringen würden?
„Nun erzählen sie schon, was führt sie hierher zu uns"? Fragte der Hausherr. „Übrigens, das

ist meine Frau Hilde, stellte er uns die frisch dazu Gestossene vor.
„Setzen sie sich doch bitte auch", bat ich die beiden.
„Wir haben leider eine sehr traurige Nachricht zu überbringen", fuhr ich fort.
„Ist etwas mit Thomas passiert"? unterbrach uns die Frau, die bisher geschwiegen hatte.
„Ja, leider. Wir haben einen toten Mann gefunden und es spricht vieles dafür, dass es sich dabei um ihren Sohn Thomas handelt."
Es gibt Momente, da hasse ich meinen sonst so geliebten Beruf. Dies hier war so eine Situation.
„Neiiin"! schrie Frau Wilchinger jetzt und brach in lautes Heulen aus. Ihr Mann, der die ganze Sache besser zu verkraften schien, versuchte die Frau zu beruhigen, indem er sie fest an sich drückte.
Er fand auch als erster wieder Worte und fragte: „Wie ist denn das passiert? Hatte er einen Unfall"?
„Nein", sagte ich. „Ich will offen sein mit ihnen. Es tut mir leid aber ich muss ihnen sagen, dass Ihr Sohn Thomas ermordet worden ist".
Nun fingen beide an zu weinen und während einigen Minuten, die mir wie eine Ewigkeit vorkamen, fiel kein einziges Wort mehr.

Irgendwann hatte sich der Mann soweit beruhigt, dass er mit viel Anstrengung die Frage herausdrückte:
„Wie ist denn das passiert und wo und wann"? fragte er nun ungeduldig.
„Er wurde erschossen" erklärte ich wahrheitsgetreu.
Wieder herrschte Stille. Die beiden schienen begreiflicherweise die Hiobsbotschaft noch nicht richtig aufzunehmen.
„Wann haben sie ihren Sohn zum letzten Mal gesehen? fragte ich.
„Am vorletzten Sonntag war er mit seiner Freundin hier zum Mittagessen".
Wieder begann die Mutter laut zu weinen. Diesmal konnte sie auch durch ihren Mann nicht einfach beruhigt werden.
„Hatte ihr Sohn irgendwelche Feinde"? fragte ich schliesslich.
„Nein, nicht dass ich wüsste".
„Hatte er ein Hobby, war er in einem Verein, oder hat er sich mit irgendetwas Feinde geschaffen? Hat er sich für etwas engagiert und sich dafür exponiert? Kann es sein, dass er sich mit irgendwelchen dubiosen Gestalten eingelassen hat? Überlegen sie es sich gut. Alle diese Fragen beschäftigen uns und können

uns weiterhelfen bei der Suche nach dem Mörder ihres Sohnes".
"Nein, unser Sohn war überall sehr beliebt. Er war auch ein wirklich liebenswerter und hilfsbereiter Mensch der keiner Fliege hätte etwas zuleide tun können. Wurde er etwa ausgeraubt? Musste er vielleicht wegen ein paar Franken die er auf sich trug sterben"? fragte er noch, was mich eigentlich in dieser Situation erstaunen liess. Offensichtlich war der Mann geistig sehr fit und trotz der schlimmen Nachricht schien sein Kopf sehr nüchterne Fragen zu formulieren.
"Nein, er wurde nicht ausgeraubt, konnte ich ihn ein wenig beruhigen. Es scheint, als sei er beim Jogging umgebracht worden. Hat ihr Sohn regelmässig Lauftraining absolviert"?
"Ja, ja, er war ein angefressener Läufer. Er hat immer an Volksläufen teilgenommen. Sein grosses Ziel war es, einmal am New York Marathon teilzunehmen. Nächstes Jahr wollte er sich diesen Wunsch erfüllen und daraufhin trainierte er entsprechend".
"Sie haben gesagt, er hätte eine Freundin. Hat er mit ihr zusammengelebt"?
"Ja, wissen sie das nicht? Die beiden haben unweit von hier, an der Schaffhauserstrasse

gewohnt. Ich dachte, sie wissen das. Seine Freundin arbeitet ja auch bei der Polizei".
„Aha, nein, das wussten wir nicht. Wie heisst den die Freundin"?
„Bettina Probst. Sie arbeitet hier auf dem Polizeiposten".
„Vielen Dank für die hilfreichen Aussagen. Ich melde mich bestimmt wieder. Ich wünsche ihnen beiden noch sehr viel Kraft in dieser schwierigen Situation. Haben sie noch weitere Nachkommen, die ihnen ein wenig zur Seite stehen können"? fragte ich hoffnungsvoll.
„Nein, Thomas ist... war unser einziger Sohn". Daraufhin schien auch der Vater die Tränen nicht mehr zurückhalten zu können.
„Möchten sie, dass wir jemanden aufbieten, der ihnen für den Moment ein wenig zur Seite steht"?
„Nein, nein, das geht schon". Fügte er noch schluchzend bei.
„Kam es vor, dass Thomas hier übernachtete"? Fragte ich die beiden.
„Ja, in den letzten Wochen hat er ein paarmal hier geschlafen", gab uns Herr Wilchinger bekannt.
„Wissen sie auch warum"?
„Er hat nicht viel gesprochen darüber, aber ich glaube, er hatte ein wenig Streit mit Bettina

und schliesslich hat er ja hier noch immer sein Zimmer".
„Darf ich mich vielleicht mal umschauen in seinem Zimmer"?
„Ja sicher, tun sie was sie tun müssen".
Das Zimmer war in gut aufgeräumtem Zustand. Die Bettdecke schön glattgezogen und auf dem Bücherregal befand sich kaum Staub. Ich ging davon aus, dass das Zimmer noch immer von seiner Mutter gepflegt wurde. In einer Ecke befand sich ein Lavabo mit einem Badzimmerkästchen darüber. Auf der Ablage darunter stand ein Glas mit einer Zahnbürste.
„Darf ich diese mitnehmen?" fragte ich Frau Wilchinger.
„Aber sicher. Was wollen sie denn damit? Sie ist ja gebraucht. Kann ich ihnen eine Neue mitgeben?"
„Nein danke, Frau Wilchinger. Ich nehme die gebrauchte mit."
Sie sah mich ungläubig an und dachte wohl, dass ich die Zahnbürste für mich benutzen würde. Daraufhin verabschiedeten wir uns.
„Fahren wir doch direkt zum Polizeiposten" schlug ich Alain vor. „Wer weiss, vielleicht haben wir ja Glück und Bettina ist im Dienst, dann können wir sie gleich befragen."

*

Wir betraten gemeinsam den Polizeiposten. Von den drei Polizisten die im Vorraum anwesend waren, kannte ich niemanden. Auch Alain schien keines der Gesichter bekannt.
Wir wiesen uns aus und fragten nach Bettina Probst.
„Sie ist auf Streife, dürfte aber in den nächsten zehn Minuten zum Wechsel hereinkommen", erklärte uns der Wachtchef. Jedenfalls nahm ich an, dass es sich bei ihm um den Chef handelte, da er am meisten Striche auf seiner Achselpatte aufwies.
„Kannst du sie vielleicht via Funk oder Handy erreichen, damit wir wissen, ob sie wirklich kommt und nicht an irgendeinem Fall hängen bleibt auf der Strasse"?
„Was kann denn so wichtig sein, dass ihr nicht fünf Minuten warten könnt"? fügte er nun gereizt an.
„Das, werter Kollege, möchte ich mit ihr selbst besprechen. Ich kann nur sagen, es IST wichtig".
Nun schien er ziemlich beleidigt. Er schaute uns nicht mehr an. Immerhin nahm er das Telefon zur Hand und rief sie an.

„Hallo Betty, hier sind zwei Kollegen von der Kripo die dich dringend sprechen wollen. Die beiden können offensichtlich nicht warten bis du hereinkommst".
Nun blieb er kurz stumm und horchte am Hörer.
„.....Nein, sie wollen mir nicht sagen um was es geht. .....Nein, ich kann sie dir nicht ans Telefon geben. Komm einfach herein, deine Tour ist ja sowieso demnächst beendet".
Nach diesen Worten legte er den Hörer zurück.
Wir bedankten uns und nahmen Platz auf der kleinen Bank vor der Empfangstheke.
Es dauerte keine fünf Minuten, da erschien Bettina, zusammen mit ihrem Streifenpartner in der Wache.
„Hallo, ich denke, du bist Bettina Probst, ist das richtig"? fragte ich zur Begrüssung. (Unter Polizisten spricht man sich immer per Du an)
„Ja, das ist richtig", sagte sie „und wer seid ihr"
„Mein Name ist Franz Buck und das ist mein Kollege Alain Bayard. Können wir uns irgendwo ungestört unterhalten"?
Formhalber streckten wir ihr unsere Ausweise entgegen, obwohl sie ja bereits von ihrem Chef informiert worden war wer wir sind.

„Ja sicher, wir können in ein Einvernahmezimmer gehen, dort sind wir ungestört. Was gibt es denn so Wichtiges, dass ihr es nicht vor anderen Kollegen sagen könnt"?
„Lass uns zuerst in ein Zimmer gehen. Wenn du willst, kannst du es den andern danach erzählen. Es liegt nicht an mir das zu tun".
Sie schritt uns voran in den hinteren Teil der Wache, wo sie ein schmuckloses, eher trist wirkendes, kleines Einvernahmezimmer betrat. Darin befand sich ein Schreibtisch mit einer PC Station, und diesem gegenüber ein Tisch mit zwei Stühlen. Das Zimmer war nur spärlich vom Aussenlicht durchflutet. Dazu kam, dass die Fenster vergittert waren. Wir beide schritten hinter ihr her und machten die Tür hinter uns zu.
„Ich will nicht lange um den Brei herum reden", begann ich unser Gespräch „Ist es richtig, dass du mit deinem Freund, Thomas Wilchinger zusammen wohnst"?
„Wohntest", korrigierte sie mich.
„Was heisst das genau" fragte ich nach.
„Wir haben uns getrennt" fügte sie mit traurigem Gesicht an.
„Wann war das"? wollte ich wissen.

„Vor knapp vier Wochen. Genau gesagt, am kommenden Donnerstag sind es vier Wochen. Warum wollt ihr das wissen"?
„Und was war der Grund für diese Trennung"? fragte ich, ohne auf ihre Frage einzugehen.
Nun drückte sie sich herum und wollte nicht heraus mit der Sprache. Sie rollte sich ein Haarbüschel um einen Finger und schien sehr verlegen. Man merkte, dass es ihr schwer fiel, darüber zu sprechen.
„Du kannst es mir ruhig sagen. Ich werde es nicht weiter erzählen", versuchte ich ihr Vertrauen zu wecken. „Wir sind beide an das Berufsgeheimnis gebunden und das gilt auch gegenüber Arbeitskollegen. Es sei denn, jemand brauche zwingend eine bestimmte Information um am Fall mitarbeiten zu können".
„An was für einem „Fall"? ...Das Schwein hat mich betrogen! Kam es plötzlich über ihre Lippen. „Und das mit meiner besten Freundin".
„Und daraufhin hast du Schluss gemacht"?
„Ja, ich habe ihn aus meiner Wohnung geschmissen".
„Und das war eben vor vier Wochen? Wann hast du ihn denn zum letzten Mal gesehen?», fragte ich interessiert.

„Am Tag darauf, als er den Rest seiner Sachen abholte".
„Und seither seid ihr euch nicht mehr begegnet"?
„Nein, Gott sei Dank nicht. Ich will ihn nie wieder sehen".
„Das wirst du wohl auch nicht. Thomas Wilchinger ist nämlich tot."
„Was"? fragte sie ungläubig und erstaunt. Diese Nachricht schien ihr doch ziemlich nahe zu gehen. Schliesslich fragte sie:
„Was ist denn passiert? Hatte er einen Unfall"?
„Nein, er wurde ermordet", musste ich wohl oder übel zugeben.
„Ermordet? ....Thomas? Das kann ich nicht glauben. Wie ist denn das passiert und wer hat das getan"?
„Er wurde erschossen", sagte ich der Wahrheit entsprechend, „mehr können wir leider noch nicht sagen".
Wo und wann ist denn das passiert?
Das sind leider beides Fragen, die wir noch nicht beantworten können und genau deshalb sind wir heute hier. Wir hoffen, dass du uns vielleicht ein wenig weiterhelfen kannst".
„Aber ihr müsst doch wissen, wo das passiert ist oder? Ihr habt ihn ja schliesslich gefunden, sonst wüsstet ihr ja nicht dass er tot ist".

„Was wir wissen ist die Tatsache, dass der Fundort der Leiche nicht dem Tatort entspricht. Wir haben ihn aus dem Wasser gezogen beim Rechen im Letten"
„Das ist kaum zu glauben. Thomas war ein hervorragender Schwimmer".
„Das kann schon sein, aber wenn jemand zuvor erschossen wird, helfen ihm auch alle Schwimmkünste nichts mehr."
„Ja, natürlich. Sorry, aber ich bin jetzt doch ziemlich durcheinander, auch wenn wir zerstritten waren, so geht mir sein Tod doch sehr nahe. Immerhin waren wir drei Jahre zusammen."
„Ich muss dich das jetzt fragen, sagte ich. „Wo warst Du am vergangenen Mittwoch"?
„Ihr glaubt aber nicht im Ernst, dass ich etwas mit seinem Tod zu tun habe oder"?
„Glauben ist etwas das in der Religion stattfindet. Wir brauchen Fakten und nur das zählt für uns".
„Da muss ich in meiner Agenda nachschauen". Darauf zückte sie ihr Smartphone und tippte darauf herum. „Am Dienstag hatte ich Vormittag/Nacht", sagte sie kurz darauf.
„Und was genau heisst das"? wollte ich wissen.
„Da habe ich von 06:30 bis 12:30 Uhr Dienst. Der Nachmittag ist zum Erholen und Vor-

schlafen. Um 18:30 Uhr beginnt dann der Nachtdienst und dieser dauert bis am anderen Morgen um 06:30 Uhr. Danach habe ich zwei Tage frei".

„Und wie hast du den Nachmittag verbracht"? wollte ich noch wissen.

„Nach dem Vormittagsdienst ging ich in die Migros in Oerlikon und habe dort etwas gegessen. Danach habe ich in der Lebensmittelabteilung noch etwas für den Nachtdienst gekauft und bin dann nach Hause gegangen und habe bis ca. 16:30 Uhr geschlafen".

„Ich gehe davon aus, dass das niemand bezeugen kann. Richtig"?

„Natürlich nicht. Ich lebe ja zurzeit alleine".

„Vielen Dank, das war's. Wir werden uns melden wenn wir Näheres wissen". Mit diesen Worten verabschiedeten wir uns und kehrten in unser Büro zurück.

*

Als wir das Kripo Gebäude betraten, fuhr Alain mit dem Lift in unsere Büroetage, während ich noch schnell bei der Forensik vorbei schaute um ihnen die Zahnbürste zu bringen.

Ernst Bühler sass gerade vor einem riesigen Mikroskop und schaute angespannt in die feldstecherähnliche Doppeloptik.

„Hallo Ernst", begrüsste ich meinen Kollegen. „Nur damit es dir nicht langweilig wird, habe ich dir hier eine Zahnbürste mitgebracht. Kannst du bitte die daran befindlichen DNA Spuren mit denen des Toten vom Lettenwehr vergleichen?"

„Wie soll es mir langweilig werden, solange du im Haus bist mit all deinen ungeklärten Fällen die ich lösen muss?" stichelte er mich kameradschaftlich an.

„Hast du ein entsprechendes Formular ausgefüllt?" fügte er noch an.

„Das kannst du viel besser und schneller als ich", gab ich ihm zur Antwort, wobei ich mich sofort aus dem Staub machte und die Türe hinter mir schloss, bevor er etwas erwidern konnte.

Ich hasse die vielen komplizierten Formulare und den teilweise nicht erklärbaren administrativen Aufwand nur um irgendwelche Statistiken zu füttern. Leider wird dieser Aufwand immer grösser und es wird sehr viel Zeit dafür verbraucht, welche man meines Erachtens viel sinnvoller, zur Lösung der Kriminalfälle einsetzen könnte.

*

„Ich glaube nicht, dass Bettina etwas mit dem Mord zu tun hat", sagte ich zu Alain als ich unser Büro betrat. „Sie scheint mir ehrlich zu sein, jedenfalls kam sie mir so vor. Wo machen wir jetzt weiter"?

„Wir könnten uns mal diesen Nebenbuhler Bruno Krieg vornehmen, der hätte ja auch ein Motiv. Schliesslich war es seine Frau mit welcher Thomas Wilchinger ein Verhältnis hatte", schlug Alain vor.

„Das finde ich eine gute Idee" gab ich mein Einverständnis. „Ruf ihn doch mal an, er ist ja vielleicht am arbeiten im Technischen Dienst".

Alain suchte dessen Nummer und rief ihn an. Ich hörte dass er ihn offensichtlich erreicht hatte den er sprach ihn direkt an. „Hallo Bruno, ich bin es, Alain Bayard. Kannst du mal kurz in unser Büro kommen, wir hätten ein paar Fragen an dich. .....Nein, nicht morgen, jetzt gleich.... Das ist egal, lass es einfach sein und komm bitte sofort zu uns. Es ist wichtig und dauert vermutlich nicht lange, dann kannst du wieder gehen. .....du willst doch nicht etwa, dass wir dich offiziell aufbieten oder? ....OK, dann bis nachher". Mit diesen Worten beendete Alain kopfschüttelnd das Telefonat.

„Er kommt gleich allerdings wollte er zuerst noch etwas fertig machen und erst morgen kommen, aber jetzt hat er es begriffen".
„Danke, dann wollen wir doch mal sehen was er uns zu sagen hat", fügte ich an.
Es dauerte keine 10 Minuten, da klopfte es an unsere Türe.
„Herein"! riefen wir beide einstimmig.
Die Türe öffnete sich und Bruno Krieg stand in unserem Büro.
„Nimm Platz. Willst Du einen Kaffee"? fragte Alain.
Nein, danke, ich habe nicht viel Zeit. Ich muss noch eine Überprüfung erledigen vor Feierabend. Ich hoffe, dass es wirklich etwas Wichtiges ist, was ihr mir zu sagen habt".
„Dann wollen wir nicht lang um den Brei herum reden. Ich frage dich ganz direkt: Wo warst du am vergangenen Mittwoch"?
„Hä? Was soll das? Wollt ihr mich auf den Arm nehmen? Bin ich etwa verdächtigt, etwas getan zu haben"?
„Beantworte doch bitte einfach meine Frage, dann geht es am schnellsten", erklärte ich ihm.
„OK. Wenn ihr es wissen wollt. Ich war in Paris an der Europameisterschaft und habe mir am Mittwoch das Fussballspiel der Schweiz gegen

Rumänien angeschaut im Parc des Princes. Moment, ich habe sogar noch das Eintrittsticket".

Er zog seine Geldbörse aus der Hosentasche und zeigte uns das Eintrittsbillett des Fussballspieles.

„Wenn ihr mir noch immer nicht glauben wollt, habe ich noch einen weiteren Beweis", fügte er noch an und nahm aus seiner Gesässtasche einen Zettel. Das war das, via Internet gebuchte Bahnbillett für den TGV, von Zürich nach Paris, am Di. 14. Juni 2016, Abfahrt, 15:34 Uhr.

„OK, damit hast du natürlich ein stichfestes Alibi. Wie war es in Paris? Hattest Du ein gutes Hotel"? fragte ich um wieder auf die kollegiale Ebene zu kommen.

„Ja, allerdings nur ein kleines zwei Sterne Hotel, aber das hat mir gereicht, ich brauchte es ja nur zum Schlafen. Aber jetzt nochmals; habt ihr ernsthaft geglaubt, ich hätte irgendetwas verbrochen? Um was geht es denn, wenn ich fragen darf"?

„Du darfst fragen, aber du weisst, dass wir auch dir nichts dazu sagen dürfen."

„Ja, natürlich, ist ja schon gut".

„Kannst du mir vielleicht noch den Namen des Hotels nennen?», wollte ich noch wissen. „Wie heisst es denn und wie ist die Lage? Ich habe nämlich demnächst vor, ebenfalls nach Paris zu fahren da nehme ich gerne einen Tipp entgegen".

„Es ist das Hotel „Beli oder Bali oder Baldi" irgendwas in der Art. Es ist ziemlich zentral gelegen und deshalb gerade für Touristen geeignet. Es liegt im 15. Arrondissement das weiss ich noch".

„Hast du vielleicht noch irgendwelche Unterlagen oder einen Prospekt davon"? fragte ich.

„Nein, leider nicht. Im Internet findest du es aber leicht. Ich habe es auch so gebucht".

„Vielen Dank". Mit diesen Worten entliessen wir ihn.

„Somit sind wir noch immer keinen Schritt weiter" bemerkte Alain, nachdem Bruno Krieg unser Büro verlassen hatte.

„Das stimmt. Wir haben jetzt zwei Personen mit Motiv befragt, beide haben ein Alibi, wobei diese noch überprüft werden müssen. Vor allem bei Bettina, sie war angeblich am fraglichen Nachmittag zuhause am Vorschlafen für den Nachtdienst, hat aber dafür keinen Zeugen. Bei Bruno sieht das Alibi hingegen schon ziemlich stabil aus, da braucht es wohl kaum eine Überprüfung".

„Ja, da bin ich gleicher Meinung. Wir heben uns diese Überprüfung aber für später auf. Ich denke, wir machen uns mal an die beiden Mitarbeiter der SBB, welche um denselben Posten buhlten wie Wilchinger".

„Was meinst Du", welchen der beiden sollen wir zuerst befragen"?

„Ich denke, wir beginnen bei diesem Brunner der scheint der grössere Gegner von Wilchinger gewesen zu sein, laut Aussagen von Herrn Kuratli. Oder, was denkst Du"? fragte ich meinen Kollegen.

Ja, das finde ich gut. Ich rufe ihn an und versuche ihn für morgen Vormittag zu uns zu bestellen. Einverstanden"?

„Perfekt. Hoffen wir das er verfügbar ist."

Alain stellte die Nummer ein welche er von Herrn Kuratli bekommen hatte.

Nach kurzer Zeit schien er diesen Brunner am Apparat zu haben, denn ich hörte wie Alain sich vorstellte.

Nach den Begrüssungsformalitäten bat er Rolf Brunner morgen Vormittag in unserem Büro zu erscheinen.

„.....und warum geht das nicht? Was haben sie vor?" fragte Alain in die Telefonmuschel.

„.....dann müssen sie ihr Fitnesstraining eben verschieben. Wie ich ihnen bereits gesagt habe, bin ich von der Mordkommission. Es geht hier nicht um einen Fahrraddiebstahl oder eine Parkbusse. Ich erwarte sie morgen um 09:00 Uhr hier in unserem Büro!

…..was heisst wenn ich nicht komme? Dann lade ich sie schriftlich vor und sie müssen die Vorladung ihren Vorgesetzten zeigen, vor allem wenn sie während der Arbeitszeit erscheinen müssen. Oder ich lasse sie gleich am Arbeitsplatz abholen mit einem angeschriebenen Auto. Würde das ihnen besser zusagen?"

Daraufhin lauschte Alain am Hörer und offensichtlich antwortete Bruno Brunner etwas.

„Dann haben wir uns nun verstanden? Also gut, dann bis morgen um 09:00 Uhr."

„Das glaube ich ja nicht. Der wollte doch tatsächlich nicht kommen und hat versucht mit allen möglichen Ausreden zu kneifen. Ob er wohl etwas zu verbergen hat"? sagte Alain mehr zu sich selbst als zu mir.

„Das werden wir ja morgen sehen" gab ich ihm trotzdem zur Antwort.

*

Am nächsten Vormittag, um 0900 Uhr, erschien Rolf Brunner auf die Minute genau in unserer Dienststelle.
„Guten Morgen Herr Brunner" begrüsste ich ihn und auch Alain reichte ihm die Hand.
„Wir müssen ihnen als Auskunftsperson ein paar Fragen stellen. Haben sie sich schon Gedanken gemacht, um was es geht?"
„Nein, wie sollte ich? Ich habe ja keine Ahnung".
„Ist es nicht längst Tagesgespräch an ihrem Arbeitsplatz, dass ein Arbeitskollege von ihnen verschwunden ist?"
„Aha, sie meinen den Wilchinger. Der interessiert mich überhaupt nicht. Wir sind alles andere als Freunde. Von mir aus kann der sich aufhalten wo er will. Das interessiert mich einen feuchten Kehricht. Ich will ehrlich sein. Selbst wenn er tot wäre, würde mich das keine einzige Träne kosten. Er war ein Arschlecker und Türfallenpolierer mit brauner Zunge. Solche Typen kotzen mich an."
„Was heisst hier war? Sie reden in der Vergangenheitsform. Obwohl sie nicht wissen ob er noch lebt. Habe ich das richtig verstanden?"

„Wir sind doch hier bei der Mordkommission oder? Dann kann ich davon ausgehen, dass er tot ist. Ist das nicht so?"
„Herr Brunner, wo waren sie am Mittwoch, 15. Juni?", stellte ich die Gegenfrage.
„Das weiss ich doch nicht mehr auswendig. Ich bin ein sehr aktiver Mensch und bin ständig auf Achse wenn ich nicht im Büro bin."
„Dann strengen sie ihr Hirn einmal an oder nehmen ihre Agenda zu Hilfe. Wir wollen wissen, wie sie den Tag verbracht haben,", meldete sich nun auch Alain zu Wort.
Auf umständliche Weise kramte er sein Handy aus der Tasche und begann es zu bearbeiten. Nach wenigen Tastendrucken beäugte er stumm das Display. Es schien beinahe, als ob er sich dabei eine Ausrede zurechtlegen wollte. Schliesslich entschloss er sich doch noch zu reden.
„Am Dienstag war ich am Vormittag im Büro. Am Nachmittag baute ich ein paar Überstunden ab und ging Schwimmen. Ich habe nämlich inzwischen so viele Überstunden angesammelt, dass ich diese dringend abbauen muss. So habe ich halt die Schönwettertage manchmal ausgenutzt und mir einen freien Tag gegönnt."
„Das kann ja sicher jemand bezeugen oder?"

„Sie können meinen Chef fragen wenn sie mir nicht glauben."
„Dass sie sich frei genommen haben, bezweifle ich keinen Moment. Dass ihr Chef aber dabei war beim Schwimmen ist doch eher unwahrscheinlich. Ihr Alibi ist deshalb gleich Null, wenn sie keinen Zeugen nennen können der sie im Schwimmbad gesehen hat. In welchem Schwimmbad waren sie denn?"
„Ich gehe im Sommer fast immer im Katzensee schwimmen. Dort gefällt es mir am besten. Die Badi ist nicht zu gross und man kann im See baden das finde ich schöner als in einem Schwimmbad."
„Der Sommer hat sich in den letzten Wochen aber noch nicht richtig gezeigt. Das Wasser dürfte noch entsprechend kalt sein zum Baden oder?"
„Ich bin kein Weichei. Wenn das Wasser gegen die 20 Grad hat dann ist das warm genug für mich und diese Temperatur hat es erreicht."
„Also, nun nochmals zu ihrem Alibi: Kann jemand bezeugen, dass sie am vergangenen Dienstagnachmittag am Katzensee waren? Ja oder Nein?"
„Nein!", schrie er beinahe. „Das habe ich ihnen doch schon gesagt. Wenn sie mir nicht

glauben, dann lassen sie es halt bleiben, ist mir doch scheiss egal."
„Vielleicht ist es ihnen nicht mehr so scheiss egal, wenn sie bei uns Logis beziehen. Ich persönlich kenne nämlich schönere Unterkünfte. Ich wiederhole nochmals, diesmal zum Mitschreiben Herr Brunner: Sie haben kein Alibi, haben Herrn Wilchinger gehasst, er hat ihnen einen begehrten Posten vor der Nase weggeschnappt und wenn wir nun noch ihre DNA an einem Ort finden sollten wo sie nicht hingehört, dann sehe ich ziemlich schwarz für ihre Zukunft. Sie befinden sich nicht in der Position wo sie gross auftrumpfen sollten. Ist ihnen das klar?"
Jetzt hatte er sein überhebliches Pulver offensichtlich verschossen. Er glich einem Häufchen Elend. Seine Schultern sanken nach unten und der Kopf tat es ihnen gleich.
„Ich kann nur immer wieder das gleiche sagen", raffte er sich nach einer Weile auf. „Ich habe mit der ganzen Sache nichts zu tun. Das müssen sie mir glauben."
„Wären sie damit einverstanden, wenn wir sie erkennungsdienstlich behandeln, das heisst, fotografieren, Fingerabdrücke nehmen und einen DNA Abstrich machen? Falls sie sich weigern, müssen wir einen richterlichen

Beschluss bestellen, was wir, das kann ich ihnen garantieren, in diesem Falls problemlos bekommen werden. Andererseits kann ich ihnen aber auch versichern, dass wir ihren Spurenbogen vernichten, falls sie unschuldig sind. Nach der erkennungsdienstlichen Behandlung können sie nach Hause gehen. Einverstanden?"
„Kein Problem, tun sie was sie nicht lassen können. Ich habe nichts zu verbergen."
Daraufhin liess ich unseren Gast abholen und dem Erkennungsdienst zuführen, von wo er anschliessend entlassen werden konnte.
„Ah da ist noch etwas", sagte ich zu ihm, kurz bevor er unser Büro verliess: „Bitte halten sie sich zu unserer Verfügung".
„OK, aber übers Wochenende bin ich weg, das kann ich ihnen jetzt schon sagen. Ich gehe mit meinen beiden Kindern, die sonst bei ihrer Mutter leben, zwei Tage weg. Wir gehen Zelten an einem Fluss. Das habe ich ihnen versprochen."
„Kein Problem, wenn sie am kommenden Montag wieder hier sind. Viel Vergnügen."

„Was ist deine Meinung", wollte Alain wissen, nachdem der Befragte abgeholt worden war.

„Schwierig zu sagen", gab ich ehrlich zu. „Ich weiss es wirklich nicht. Einerseits schien er mir anfänglich ein wenig zu aufgeblasen. Andererseits hätte er sich bestimmt ein Alibi zurecht gelegt wenn etwas an der Sache wäre. Zudem hatte er keinerlei Einwände gegen die DNA Probe. Das ist jetzt wieder mal ein Mann dessen Mimik und Aussehen überhaupt nichts hergibt. Normalerweise merke ich sofort wenn jemand lügt. Es gibt nur wenige Leute deren Verhalten mir keine Auskunft gibt. Rolf Brunner gehört genau zu dieser Sorte."

„Da kann ich dir nur beipflichten. Ich habe zwar noch nicht so viel Erfahrung im Umgang mit Mördern wie du, aber für mich steht er genau in der Mitte zwischen schuldig und unschuldig."

„Kommt Zeit, kommt Rat", zitierte ich das alte Sprichwort.

„Was meinst du, sollen wir den Kollegen von Brunner, diesen Markus Stadelmann anrufen und fragen ob er eventuell heute Nachmittag bei uns vorbeikommen könnte? So hätten die beiden nicht so viel Zeit um miteinander zu sprechen. Wer weiss, vielleicht haben sie sich ja zusammengetan um Wilchinger zu eliminieren. Zwar sind die beiden nicht wirklich befreundet, aber beide waren Gegner von

Wilchinger und beide wollten seinen Posten", schlug Alain vor.
„Gute Idee", pflichtete ich ihm bei.
„Ich rufe ihn gleich an." Sagte Alain und griff sofort nach dem Telefon

*

Es war kurz nach halb drei Uhr, als wir vom Portier einen Anruf bekamen. "Ein Herr Stadelmann wünscht euch zu sprechen", sagte er pflichtgemäss.
„Ich gehe schon mal runter und hole ihn ab", rief mir Alain zu und verliess unser Büro.
„Verzeihen sie, ich konnte nicht früher kommen. Ich musste eine dringende Arbeit zuerst erledigen." entschuldigte sich der SBB Angestellte bei der Begrüssung.
„Schon gut", erwiderte Alain. „Sie haben ja gesagt, dass sie zuerst noch etwas Dringendes erledigen müssten. Wir sind froh, dass sie so schnell kommen konnten."
„Herr Stadelmann, sie wissen weshalb wir sie hergebeten haben?", begann ich die Befragung nachdem unser Gast sich gesetzt hatte.
„Ja, ich gehe davon aus, dass es mit dem Verschwinden von unserem Arbeitskollegen Wilchinger zusammenhängt?", gab er zur Antwort.

„Richtig. Hat ihnen Herr Kuratli etwas gesagt oder haben sie heute mit Herrn Brunner darüber gesprochen?", wollte ich wissen.
„Mein Chef hat mir gesagt, dass Wilchinger vermutlich tot sei. Mehr weiss ich aber nicht. Er hat mir nichts Genaueres sagen können."
„Wann haben sie denn Herrn Wilchinger zum letzten Mal gesehen?", setzte ich die Befragung fort.
„Da muss ich zuerst überlegen", er kniff die Augen zusammen und legte seine Stirne in Falten. „Ich glaube, das war am Montagvormittag anlässlich unseres Wochenrapportes. Sie müssen wissen, wir arbeiten zwar in derselben Dienststelle aber nicht im selben Büro. Sein Büro liegt eine Etage höher als meines, da sieht man sich nicht alle Tage." Fügte er beinahe entschuldigend bei.
„Darf ich fragen, wie das Kameradschaftsverhältnis innerhalb ihrer Dienstgruppe ist?"
„Ich würde es mit „Normal" betiteln. Wir sind nicht eng befreundet untereinander aber auch nicht speziell verfeindet. Man kennt sich halt und arbeitet zusammen. Einige haben eine engere Beziehung und andere wieder weniger, wie das halt so ist am Arbeitsplatz."
„Und wie ist ihre persönliche Beziehung zu Herr Wilchinger?"

Er schien nach den richtigen Worten zu suchen. Schliesslich meinte er: „Sagen wir es einmal so; ich kann problemlos mit Wilchinger arbeiten, aber meine Freizeit möchte ich nicht mit ihm verbringen."
„Warum nicht?", bohrte ich weiter.
„Weil er ein egoistischer Eigenbrötler ist. Für ihn kommt immer zuerst er selbst und dann lange niemand mehr. Es ist nicht schön, mit so einem Menschen zusammen zu sein. Wenn wir mal ausnahmsweise alle gemeinsam etwas trinken gehen, hat er immer eine Ausrede. Er glaubt wohl, etwas Besseres zu sein. Ich kann mich nicht erinnern, dass er schon einmal mit uns gekommen wäre. Es kommt aber auch sehr selten vor, dass wir alle zusammen in eine Wirtschaft gehen. Wie gesagt, wir sind weit davon entfernt ein Team zu sein, das zusammen durch dick und dünn gehen würde."
„Hatte Wilchinger einen oder mehrere Feinde im Team? Ich meine damit nicht einfach Arbeitskollegen die sich nicht speziell mögen, sondern die wirklich verfeindet sind mit ihm."
„Freunde hatte er jedenfalls keine innerhalb der Firma. Ich könnte mir vorstellen, dass niemand wirklich traurig ist falls er tot ist."

„Ist es richtig, dass Wilchinger, Brunner und sie, sich um eine Kaderstelle beworben haben und Wilchinger auserwählt wurde?"
„Ja, das ist richtig."
„Und, wie haben sie diese, - darf ich sagen, Niederlage -, verdaut?"
Er blieb einige Momente ruhig und schien die richtigen Worte zu suchen. Dann antwortete er emotionslos.
„Ich war logischerweise nicht glücklich über diesen Entscheid. Allerdings war ich auch nicht verwundert darüber. Wilchinger ist, oder soll ich besser sagen, war, entschuldigen sie die Ausdrucksweise, ein «Arschlecker». Er schleimte sich immer bei seinen Vorgesetzten ein und leider gibt es noch viele Kaderleute die auf solche Heucheleien hereinfallen. Fachlich ist er sicher nicht schlecht aber bestimmt nicht besser als Brunner und ich. Zudem bezweifle ich, dass seine Sozialkompetenz für einen Chefposten genügt."
„Wie ist Brunner mit dieser Niederlage zurecht gekommen?", fragte ich.
„Das weiss ich nicht. Wir haben nicht gross darüber gesprochen und wenn, dann haben wir nur unsere Meinung kundgetan, das heisst, wir haben uns gegenseitig gesagt, dass diese Wahl nicht gut sei für die Zukunft. Aber

das ist ja bekanntlich in allen Firmen ähnlich. Wenn ein Mitarbeiter zum Vorgesetzten wird, dann rümpfen viele andere die Nase. Habe ich recht? Es ist sicher bei der Polizei auch nicht anders als in andern Unternehmen. Oder etwa schon?"

„Also, Herr Stadelmann", unterbrach ich seinen Redefluss. „Wir müssen davon ausgehen, dass Herr Wilchinger einem Tötungsdelikt zum Opfer gefallen ist. Können sie sich vorstellen, wer zu so etwas fähig wäre?
Hat ihn jemand derart gehasst?"

„Ein Tötungsdelikt? Sie meinen er wurde ermordet?", fragte er erstaunt. „Das glaube ich jetzt nicht. Ich hatte allenfalls mit einem Unfall gerechnet aber nicht, dass er umgebracht wurde. Das schockiert mich ehrlich schon etwas, auch wenn ich ihn nicht als meinen Freund bezeichnen konnte. So etwas hat er trotzdem nicht verdient."

„Ich muss sie das jetzt fragen; Wie haben sie den vergangenen 15. Juni verbracht?"

„Sie wollen damit aber nicht etwa sagen, dass sie mich als Täter verdächtigen oder?", fügte er empört bei.

„Beantworten sie doch bitte einfach meine Frage. Wie haben sie den Tag verbracht, vom Morgen bis am Abend."

„Lassen sie mich überlegen. Der 15., das war ein Mittwoch oder?"

„Richtig", sagte ich beistimmend.

„Da habe ich normal gearbeitet. Das heisst, ich bin kurz nach 07:00 Uhr aus dem Haus gegangen und um ca. 07:40 Uhr war ich im Büro. Dort blieb ich bis zur Mittagspause um 11:45 Uhr. Jetzt muss ich überlegen, wie ich den Mittag verbracht habe." Dabei schloss er die Augen und schien in sich zu gehen mit seinen Gedanken. „Wenn ich mich richtig erinnere", sagte er nach kurzer Überlegung, „habe ich mir in der Ladenpassage des Hauptbahnhofes beim Horber Wurststand eine Bratwurst geholt und diese gegessen, während ich im Shopville herumschlenderte. Um 12:30 Uhr begab ich mich zurück an meinen Arbeitsplatz und blieb dort bis 16:30 Uhr. Danach bin ich nach Hause gegangen."

„Und wie haben sie den Abend verbracht?", wollte ich noch wissen.

„Ich habe das Haus nicht mehr verlassen, denn ich hatte noch meine Wäsche zu erledigen. Ich lebe in einem Junggesellen Haushalt und habe keine Frau die solche Arbeiten für mich übernimmt."

„Kann das jemand bezeugen?"

„Nein, wie gesagt, lebe ich alleine und ich hatte an diesem Abend auch keinen Besuch. Sie müssen mir schon glauben. Einen Zeugen habe ich keinen und kann auch keinen erfinden."
„Herr Stadelmann, wir müssen von ihnen nun noch eine DNA Probe nehmen. Wenn sie als Täter ausgeschlossen werden können, dann wird diese Probe wieder vernichtet. Sind sie damit einverstanden?"
„Ich habe kein Problem damit. Ich habe schliesslich nichts zu verbergen", fügte er zustimmend bei.
Daraufhin verabschiedete ich mich von ihm und Alain begleitete unseren Gast zum Erkennungsdienst.
„Komm, lass uns Feierabend machen", sagte ich zu meinem Bürokollegen, als er vom dritten Stock zurückkam. „Morgen ist auch noch ein Tag. Kommst du noch kurz auf ein Feierabendbier?"
„Kein Problem, ich habe nichts Spezielles vor heute Abend. Wohin sollen wir?"
„Wie wär's mit der Gartenwirtschaft des Hotels Italia", schlug ich vor.
„Gute Idee, ich bin dabei".

*

Am folgenden Morgen war ich schon früh auf den Beinen. Ich konnte nicht mehr schlafen und bin deshalb aufgestanden. Entsprechend früh betrat ich unser Büro. Alles lag noch im Dunkeln, nicht einmal unser Chef war anwesend, obwohl er immer als erster in unserer Dienststelle eintrifft.

Ich hatte mich nicht getäuscht. Kaum war ich installiert und hatte den PC hochgefahren, da klopfte es auch schon und die Türe wurde geöffnet. Der Chef, Walter Anders, betrat das Büro.

„Guten Morgen, schon da?" fragte er erstaunt. „Lässt dich der aktuelle Fall nicht mehr schlafen?"

„Nein, das nicht", gab ich ihm zur Antwort. Ich hatte schon Fälle die mir bedeutend mehr zu schaffen machten und mir irgendwie näher gegangen sind als dieser. Natürlich ist es immer unbefriedigend, wenn ein Tötungsdelikt offen ist und wir keine Ahnung haben wer der Täter sein könnte. Wir haben jetzt vier Personen überprüft die alle ein Motiv hätten, konnten aber noch niemanden wirklich beschuldigen. Wir werden heute beginnen, die einzelnen, teilweise sehr schwachen Alibis zu überprüfen."

„Ja, macht das, das ist sicher ein guter Ansatz" sagte er und verliess unser Büro um in sein Eigenes zu gelangen.
Zur selben Zeit traf auch Alain am Arbeitsplatz ein, sodass der Chef ihm die Türklinke in die Hand geben konnte.
„Na, bist du auch endlich auferstanden von den Halbtoten? Ich glaubte schon den Fall alleine lösen zu müssen", begrüsste ich scherzhaft meinen Kollegen.
„Ich habe eben ein ruhiges Gewissen und kann deshalb noch gut schlafen im Gegensatz zu dir wie mir scheint", blieb er mir nichts schuldig.
„Was heisst gutes Gewissen. Warum soll meines nicht gut sein? Es ist noch wie neu. Ich habe es noch nie gebraucht", scherzte ich. Daraufhin mussten wir beide lachen. In diesem Job ist es sehr wichtig, dass man den Humor nicht verliert denn sonst erträgt man die grässlichen Situationen nicht, mit welchen man immer wieder konfrontiert wird, ohne dass diese traumatische Spuren hinterlassen.
Nach diesen üblichen Streicheleinheiten konnten wir uns nun den wichtigeren Sachen widmen.
„Wie machen wir weiter? Was schlägst du vor?" fragte ich meinen jungen Kollegen.

„Wir könnten die Handys der Verdächtigen auswerten lassen", sagte er, wie in der Schule gelernt.

„Und, was erhoffst du dir davon?"

„Vielleicht hatten die beiden, Brunner und Stadelmann, ja telefonischen Kontakt miteinander vor der Tötung. Das wäre zumindest ein Hinweis. Vielleicht haben sie sich auch SMS geschickt oder sie hatten sogar Kontakt mit Bettina Probst", fügte er ganz enthusiastisch bei.

„Gut, lass die Handys auswerten. Ich persönlich verspreche mir allerdings in diesem Falle nicht zu viel davon. Dazu sind alle vier zu clever. Allerdings machen auch clevere Verbrecher bekanntlich Fehler, sonst würden die Mordfälle allesamt ungelöst bleiben."

„Ich werde gleich den technischen Dienst anrufen und die Telefonnummern in Auftrag geben".

„Findest du das wirklich eine gute Idee?", fragte ich erstaunt.

Jetzt schaute mich Alain mit grossen Augen an, als ob er die Welt nicht mehr verstehen würde.

„Ja, warum nicht? Du hast doch eben selbst gesagt, dass wir die Handys überprüfen soll-

ten." Dabei schaute er mich an, als wäre ich von einem anderen Stern.
Irgendwie gefiel er mir mit diesem fragenden Blick und deshalb liess ich ihn noch ein wenig zappeln und sagte nichts. Ich war mir sicher, dass er selbst darauf kommen würde.
„Schei..." sagte er plötzlich ganz leise. „Was bin ich nur für ein Depp!"
„Selbsterkenntnis ist der beste Weg zur Besserung", bestätigte ich seine Aussage.
„Ich habe doch tatsächlich nicht mehr daran gedacht, dass Bruno Krieg im technischen Dienst arbeitet. Wir müssen wohl einen Schleichweg finden, damit Bruno nicht mit der Auswertung dieser Geräte in Kontakt kommt."
„Genau das wollte ich sagen", pflichtete ich meinem Kollegen bei. „Ich schlage vor, du bringst die Geräte persönlich vorbei, und übergibst sie jemand anderem, ohne dass Bruno davon erfährt. Er braucht vorläufig nicht zu wissen, dass wir die Geräte auswerten. Wenn wir dann auf einem der Telefone eine Verbindung zu ihm feststellen, dann können wir sein eigenes immer noch beschlagnahmen. Diese Aktion kann aber im Hintergrund ablaufen. Ich schlage vor, wir versuchen einmal die Alibis der Betroffenen zu überprüfen, soweit dies möglich ist."

„Fangen wir doch mit den einfach zu überprüfenden an. Rufst du mal den zuständigen Offizier an, damit er das interne Journal der Wache überprüft betreffend Bettina Probst?", bat ich meinen Kollegen.
„Mach ich", sagte Alain und suchte sogleich die interne Telefonnummer im Intranet. Kurz nachdem er die Nummer gewählt hatte, sprach er offensichtlich mit der Sekretärin des Offiziers. Ich hörte jedenfalls wir sich die beiden duzten, was auf Level Offizier normalerweise nicht der Fall ist. Es sei denn, man kenne ihn persönlich oder er habe sich aus dem Korps herauf gearbeitet. Diejenigen welche mit einem Universitätsabschluss bei der Polizei einsteigen, bleiben mehrheitlich beim „Sie".
„Hallo Susanne, Alain am Telefon" hörte ich ihn sagen.
Nach den üblichen Begrüssungsfloskeln stellte Alain die uns interessierende Frage:
„Kannst du bitte mal das Wachjournal überprüfen und mir mitteilen wer auf eurer Regionalwache alles gearbeitet hat in der Nacht vom 15. auf den 16. Juni 2016?" Dabei drückte er die Lautsprechertaste, sodass ich mithören konnte.
„Kein Problem, ich schaue gleich nach, Moment." Dann hörte man, wie sie die Tastatur

ihres PC's bearbeitete. Nach einem kurzen Augenblick vernahmen wir wiederum ihre Stimme.

„Hallo, bist du noch dran?"

„Ja, sicher"

„OK. Also da war mal der Postenchef, Walter Ulrich, sowie die Mannschaft der Ablösung 5, Müller, Probst, Stutz und Huber."

„Du sprichst von Bettina Probst, ist das richtig?"

„Ja, genau. Brauchst du die Vornamen auch?"

„Nein, ich denke das genügt vorläufig. Danke für die...."

„Halt!" rief Susanne in den Hörer. Ich sehe da noch eine Notiz. „Bettina Probst hat die Wache um 19:15 Uhr verlassen, wegen Übelkeit. Sie ist nach Hause gegangen"

„Bist du sicher?" riefen wir beide einstimmig.

„Sie ist nach Hause gegangen und nicht mehr zum Dienst zurückgekehrt?" fragte Alain erstaunt und mir ging es nicht anders.

„Ja, so ist es, mindestens gemäss Wachjournal. Wieso? Ist das so wichtig? Das kann ja jedem mal passieren, dass er sich plötzlich schlecht fühlt und nach Hause gehen muss oder?"

„Das schon, aber das wundert uns doch ein wenig." mischte ich mich ein. „Jedenfalls vielen Dank, du hast uns sehr geholfen."
„Kein Problem, wenn es weiter nichts ist, so helfe ich doch gerne. Aber was ist mit Bettina?" fügte sie noch neugierig bei.
„Dazu kann ich dir leider noch keine Auskunft geben, ich weiss es selbst noch nicht." Gab ich ihr wahrheitsgetreu zur Antwort.
„Na, dann, Tschüss, bis zum nächsten Mal." dann legte sie auf.
Alain hielt noch immer das Telefon in der Hand und schien ein Loch in die Wand zu starren. Mir ging es ehrlich gesagt nicht viel besser. Auch ich war sprachlos. Erst nach einer längeren Zeit schauten wir uns an und dann brach ich als erster das Schweigen.
„Was heisst das nun für uns?", fragte ich meinen Kollegen, obwohl ich von ihm keine Antwort erwartete. Diese kannte ich selbst, auch wenn ich es nicht glauben wollte.
„Ich kann mir einfach nicht vorstellen, dass diese zierliche Polizistin zu einem Mord fähig ist. Trotzdem, mit dieser Neuigkeit rückt Bettina ganz klar als Hauptverdächtige in unseren Fokus. Komm, lass uns den Chef informieren. Mal sehen, was er dazu zu sagen hat.", sagte ich zu Alain.

Wir machten uns auf den Weg zum Chefbüro, welches wie meistens, offenstand. Ich klopfte an den Türrahmen und wir betraten beide das Büro. Der Chef erhob seinen Kopf vom Stapel Akten die vor ihm lagen und schaute uns an.
„Hallo ihr beiden, was macht ihr denn für ein Gesicht? Ich dachte, ihr überbringt mir die frohe Botschaft, dass euer Tötungsdelikt aufgeklärt sei."
„Zwar können wir noch nicht von einer Klärung reden, aber einen grossen Schritt scheinen wir weitergekommen zu sein."
Ich erzählte ihm was wir soeben erfahren hatten.
Auch unserem Chef ging es nicht anders. Er schien einen Moment lang so erstaunt, dass er keine Worte dazu fand.
„Mit dem falschen Alibi das sie uns gegeben hat, hat sie sich praktisch selbst hereingeritten. Ich bin mir sicher, der Fall steht unmittelbar vor der Aufklärung. Ich möchte, dass ihr mit dem zuständigen Staatsanwalt Kontakt aufnehmt und ihn bittet, einen Vorführbefehl (*Umgangssprache Haftbefehl*) für Bettina Probst auszustellen."
„Das hatte ich im Sinn, Chef. Ich wollte dich nur zuerst informieren. Immerhin ist es nicht alltäglich, dass wir eine Polizistin festnehmen."

„Ich hoffe auch nicht, dass dies alltäglich wird.", fügte er noch scherzhaft hinzu. Dann verliessen wir sein Büro.
In unseren eigenen Wänden angekommen, sagte ich zu Alain:
„Wir sollten aus diesem Fall ein „Projekt" unter dem Namen „Höngg" machen lassen, d.h. Wir müssen unser IT Team beauftragen, den ganzen Fall, inklusive Journaleinträge, Berichte, Einvernahmen, etc. zu sperren, sodass nur noch diejenigen Mitarbeiter darauf Zugriff haben, welche damit arbeiten müssen. Es gibt leider zu viele neugierige Polizisten, was vermutlich eine Berufskrankheit ist. Schliesslich stellen wir von Berufes wegen immer Fragen und wollen alles wissen. Wenn dann erst mal durchsickert, dass wir Bettina festgenommen haben, dann wird ein grosser Teil der Mannschaft versuchen, die Hintergründe zu erforschen. Ich kenne meine Pappenheimer nur zu gut".
"Ja, das finde ich eine gute Idee. Ich werde mich sofort mit den zuständigen Leuten in Verbindung setzen und dies beantragen", pflichtete mir mein Kollege bei.
Danach rief ich den Staatsanwalt an um von ihm einen Vorführbefehl zu bekommen.

„Hallo Herr Rupp" meldete ich mich als ich den Staatsanwalt am Telefon hatte.

„Grüezi Herr Buck, was gibt es neues in unserem Fall? Konnten sie ihn inzwischen klären?" fragte er eher zynisch als ernsthaft.

„Noch nicht ganz, aber möglicherweise sind wir einen Schritt weiter gekommen", gab ich zur Antwort.

„Dann lassen sie es mich hören, ich bin gespannt und immer für gute Neuigkeiten zu haben", gab er sich locker.

„Ich brauche von ihnen einen nicht alltäglichen Vorführbefehl, nämlich für eine im Dienst stehende Polizistin."

„Hoppla, das müssen sie mir aber näher erklären", sagte er erstaunt.

Ich schilderte ihm alles was wir bis jetzt wussten und gab ihm auch die Personalien und die Adresse der Angeschuldigten bekannt. Daraufhin zögerte er keinen Moment, einen Vorführbefehl auszustellen. Ich werde meiner Sekretärin ausrichten, dass sie noch heute einen Solchen schreibt und morgen haben sie ihn auf dem Fax.

„Vielen Dank, dann bis morgen." Mit diesen Worten verabschiedete ich mich von ihm.

„So, ich denke, für den Moment haben wir getan was wir konnten. Es ist zwar erst 15:45

Uhr, aber morgen ist auch noch ein Tag und zwar vermutlich ein ziemlich anstrengender. Ich werde jetzt ganz einfach Feierabend machen und somit ein paar Überstunden abbauen. Was machst Du?" fragte ich meinen Kollegen.
„Ich versuche mal abzuklären ob Bettina morgen im Dienst ist und bereite dann alles vor. Ich wünsche dir einen schönen Abend, Tschüss."
Ich ging noch einmal beim Chef vorbei und klärte ihn darüber auf, dass wir die ganze Geschichte in ein Projekt wandeln werden, was ganz in seinem Sinne war. Dann verabschiedete ich mich für heute.

*

Es war schon eine ganze Weile her, dass ich meine Freundin Karin, zum Nachtessen eingeladen hatte, was ich nun nachholen wollte. Sie genoss es immer, wenn ich sie bekochte und ich tat es auch sehr gerne, da ich nebst dem Kochen auch sehr gerne gut Esse, was alleine nur halb so viel Spass macht. Deshalb rief ich sie an, noch bevor ich das Kriminalpolizeigebäude verliess.
„Hallo Schatz, wie geht es dir?"

„Ah, das ist aber eine Überraschung, so früh am Abend, oder besser gesagt schon mitten am Nachmittag von dir zu hören. Hast du etwa schon Feierabend?"
„Ja, das habe ich. Das heisst, ich habe Feierabend gemacht, weil ich Sehnsucht nach dir habe. Wann haben wir uns eigentlich das letzte Mal gesehen? Mir scheint es eine Ewigkeit her zu sein. Hast du Lust, wieder einmal zum Nachtessen zu mir zu kommen?", fragte ich sie.
„Nichts tue ich lieber als das. Das Wasser läuft mir schon jetzt im Munde zusammen wenn ich an deine Kochkünste denke. Wann soll ich kommen?"
„Keine Frage, sobald wie möglich. Wir können ja auch zusammen kochen wenn du früher da bist."
„OK, dann komme ich von der Arbeit direkt zu dir. Ich hoffe, um ca. 18:00 Uhr dort zu sein."
„Super, ich gehe jetzt gleich einkaufen."
Ich machte mich auf den Weg zum Supermarkt, ohne zu wissen was ich kochen würde. Die Ideen kommen mir regelmässig erst wenn ich vor der Auslage stehe und mir die feinen Sachen ansehe. Vor mir lagen wunderschöne Entenbrüste. „Das muss es sein", sagte ich zu mir. Einen sogenannten „Canard à l'Orange"

werde ich uns kochen. Dazu brauchte ich eine Zitrone, vier Orangen und drei Entenbrüste (*die dritte für den Nachservice*). Die restlichen Zutaten hatte ich zuhause.

Dort angekommen, fing ich gleich mit der Vorbereitung an. Mit einem Kartoffelschäler häutete ich die Orangen und schnitt die so entstandenen Schalen in ganz feine Streifchen. Diese erwellte ich im kochenden Wasser um ihnen die Bitterkeit zu nehmen. Dann schüttete ich sie in ein Sieb. Danach presste ich zwei der Orangen und die halbe Zitrone aus und stellte den Saft bereit.

Die Entenbrüste schnitt ich hautseitig ein, in ca. 1 cm. grosse Quadrate. Dann legte ich sie in eine Bratpfanne mit einem Butter und Öl Gemisch, bis die Haut richtig knusprig war. Das Ganze dann in eine Folie gewickelt und ab in den Ofen zum Niedergaren bei 70 Grad.

In einem kleinen Topf brachte ich fünf Würfelzucker mit ein paar Löffel Wasser (*Dies verhindert ein zu schnelles Bräunen*) zum schmelzen und sobald er zu caramelisieren begann, löschte ich ihn mit dem ausgepressten Fruchtsaftaft ab. Das ganze liess ich dann aufkochen und leicht reduzieren. Dann eine gebundene Fleischsauce aufkochen und die beiden Flüssigkeiten mischen. Die dritte

Orange schälte ich bis auf's Fleisch und trennte die Schnitze ohne Haut heraus. Diese Schnitze mischte ich zusammen mit den fein geschnittenen Orangen-Hautstreifchen kurz vor dem Anrichten unter die Sauce. Die vierte Orange halbierte ich und schnitt ganz dünne Scheibchen welche ich Garten-zaunähnlich auffächerte und auf den Tellerrand stellte, als Garnitur.

Ich war kaum fertig mit den Vorbereitungen, als es an der Türglocke läutete und Karin unter der Türe stand.

Wir begrüssten uns innig als ob wir uns wochenlang nicht gesehen hätten, dabei waren wir erst vor drei Tagen zusammen.

„So schön, dass du da bist" ich habe etwas ganz Einfaches gekocht. Es gibt nur ein Stückchen Fleisch und Breitbandnudeln dazu. Ist das OK für dich wenn wir keine Vorspeise machen oder soll ich noch kurzfristig etwas vorbereiten, einen Salat oder so?", fragte ich trotzdem.

„Nein, natürlich nicht. Das ist perfekt so. Ich hatte schon am Mittag ein richtiges Essen mit Geschäftsleuten aus Holland. Ich muss aufpassen, dass ich nicht aufgehe wie ein Ofenküchlein. Bei dir esse ich sowieso immer zuviel."

„Na dann wollen wir mal. Ich denke das Fleisch ist bereit und die Nudeln dürften auch al dente sein. Darf ich bitten?" Dabei zeigte ich mit der Hand zum vorgängig gedeckten Tisch und Karin setzte sich an den von ihr bevorzugten Platz.
„Ich habe hier im Kühlschrank noch eine Flasche „Rosé de Provence" und ich denke, der könnte zu diesem Nachtessen passen oder willst du lieber einen schwereren Roten?", fragte ich anstandshalber.
„Nein, sicher nicht. Du weisst am besten welcher Wein zu welchem Fleisch passt. Bisher hast du es jedenfalls immer getroffen. Ich lasse mich überraschen."
Ich schenkte den Wein ein und richtete die Teller an.
Kaum hatte Karin die erste Gabel gegessen da konnte sie nicht mehr aufhören zu schwelgen.
„Hmmmm! Einfach himmlisch. So erfrischend diese Sauce. Wie kommst du nur immer auf solche Ideen? Du solltest mal ein Kochbuch herausgeben. Das schmeckt ja wieder einmal unglaublich. Wenn es dich nicht geben würde, müsste ich dich wohl erfinden. Diese Sauce ist ganz grosse Klasse glaub mir, ich verkehre geschäftlich in vielen und teuren Lokalen aber deine Küche stellt alle in den Schatten."

„Na, jetzt übertreib mal nicht. Das ist ein ganz gewöhnlicher „Canard à l'Orange" wie ihn die Franzosen kochen. Dazu kommt, dass ich nur für uns zwei koche und in einem Restaurant für unzählige Gäste die verschiedensten Menus zubereitet werden müssen, da kann man vielleicht nicht so viel Zeit für ein einzelnes Menu einsetzen wie ich das kann."
„Wie auch immer", antwortete Karin, „deine Küche schmeckt mir jedenfalls am besten von allen."
„Könnte es vielleicht sein, dass du ein wenig voreingenommen bist gegenüber dem Koch in meiner Person?"
„Na, ja, vielleicht ein bisschen" sagte sie und drückte mir einen dicken Kuss auf die Stirn.
Einmal mehr, ging der Abend viel zu schnell vorbei und wir mussten uns vernünftigerweise trennen. Karin hatte morgen einen anstrengenden Tag vor sich und auf mich warteten bekanntlich auch einige nicht ganz einfache Aufgaben.

*

Diesmal war Alain vor mir im Büro. Er schien schon sehr beschäftigt mit allerlei Formularen und Vorbereitungen.

„Guten Morgen" begrüssten wir uns kurz und Alain kam gleich zur Sache:
„Der Vorführbefehl für Bettina ist eingetroffen. Die Gruppe fünf hat heute Nachmittagsdienst, das heisst, Bettina sollte jetzt, am Morgen noch zu Hause anzutreffen sein", klärte mich mein junger Kollege auf.
„Dann fahren wir doch gleich zu ihr. Ich schlage vor, wir nehmen Angela Wieser mit. Sie kann sich dann um Bettina kümmern, falls sie noch im Bett liegen sollte."
„Das ist eine gute Idee" pflichtete mir Alain bei.
„Ich rufe sie gleich an"
Es dauerte nur ein paar Minuten bis Angela in unser Büro trat. Wir informierten sie über die Geschehnisse und dann begaben wir uns ins Chefbüro um uns für den heutigen Morgenrapport abzumelden.
Zusammen fuhren wir mit dem Lift in die Tiefgarage und Alain lenkte anschliessend unseren Dienstwagen in Richtung Oerlikon.
Kurze Zeit später standen wir vor der Wohnungstür von Bettina. Vorerst blieb jegliche Reaktion auf unser Läuten aus. Erst nach dem dritten, ziemlich langen Betätigen der Hausglocke vernahmen wir Geräusche hinter der Türe.

„Was ist los? Wer läutet so früh am Morgen?" rief die verschlafene Stimme von Bettina.

„Wir sind es, Arbeitskollegen von dir. Mach bitte auf, wir erklären dir dann alles", gab Angela zur Antwort.

Wir hörten, wie der Schlüssel gedreht wurde und die Tür öffnete sich einen Spalt. Das auch ohne Schminke sehr hübsche Gesicht von Bettina Probst zeigte sich in der schmalen Öffnung.

„Was soll das"? fragte sie offensichtlich sehr erstaunt und leicht erbost.

„Dürfen wir eintreten"? fragte ich mehr aus Höflichkeit, denn ablehnen konnte sie sowieso nicht. Schliesslich hatten wir nebst dem Vorführ- auch einen Hausdurchsuchungsbefehl bei uns.

Bettina öffnete uns die Tür gänzlich, sodass wir eintreten konnten. Sie hatte sich einen Morgenrock aus rosa Frotteestoff übergezogen. Darunter trug sie offensichtlich ein hellblaues Pyjama wie man unschwer an den durch den Morgenrock nicht verdeckten Unterschenkeln sehen konnte.

„Hallo Bettina, Alain und mich kennst du ja bereits", sagte ich. „Das hier ist unsere Kollegin, Angela Wieser. Bettina, wir haben einen Vorführbefehl für dich und müssen dich festnehmen" sagte ich in einem möglichst ruhigen Ton.

„Was?!?" fragte sie wie aus den Wolken gefallen. „Macht ihr Witze? Das finde ich im Fall nicht lustig."

„Siehst du jemanden von uns lachen?" gab ich ihr zur Antwort.

„Das muss ein riesiges Missverständnis sein. Ich habe wirklich nichts getan. Ich gehe logischerweise davon aus, dass es etwas mit dem Tod von Thomas zu tun hat. Trotzdem, könnt ihr mir sagen, was das für Beweise oder Indizien sind, die zu meiner plötzlichen Festnahme führen? Was genau wird mir vorgeworfen?"

„Das werden wir dir in unserem Büro erzählen. Wenn du unschuldig bist, dann wird sich das ja bald herausstellen, hoffe ich."

„Das wird es sich mit Sicherheit. Nichts desto trotz, freue ich mich nicht wirklich über euren Besuch hier. Darf ich mich wenigstens zuerst mal kurz frisch machen im Badzimmer und mir etwas anziehen?" fragte sie.

„Sicher" gab ich ihr zur Antwort. „Allerdings wird dich Angela dabei begleiten. Du weisst ja wie das ist. Nicht dass du noch auf dumme Gedanken kommst."

„So ein Quatsch", antwortete sie. „Ich habe mir nichts vorzuwerfen. Weshalb sollte ich da auf dumme Gedanken kommen? Ihr werdet sehen, das Ganze wird sich in eine grosse Luftblase auflösen. Trotzdem, angenehm ist es nicht wenn man auf diese Weise aus dem Bett geholt wird, das könnt ihr mir glauben."
Daraufhin verschwand sie aus dem Wohnzimmer und Angela folgte ihr. Wenige Augenblicke später, hörten wir das Rauschen der Dusche.
Es dauerte eine knappe halbe Stunde, bis die beiden wieder ins Wohnzimmer traten. Jetzt war Bettina leicht geschminkt, obwohl die Natur es sehr gut mit ihr gemeint hatte und sie eigentlich keinerlei Schminke bedurft hätte. Sie trug dunkelblaue Jeans und ein helles T-Shirt.
„Wir haben übrigens auch noch einen Hausdurchsuchungsbefehl. Wir wollen jetzt aber nicht die ganze Wohnung auf den Kopf stellen. Wir nehmen nur deinen Laptop mit welcher dort auf dem Tisch liegt. Es ist doch deiner nehme ich an oder?", fragte ich sicherheitshalber.
„Ja, natürlich wem denn sonst", antwortete sie jetzt schon ziemlich gereizt. «Ich kann ja nichts

dagegen tun. Ich will einfach eine Bestätigung dafür."
„Kein Problem, die bekommst du, sobald wir im Büro sind», versuchte ich sie zu beruhigen.
Zusammen fuhren wir an die Zeughausstrasse zu unserem Büro. Während dieser Fahrt sprach niemand ein Wort. Jeder von uns war mit seinen Gedanken beschäftigt und auch Bettina schwieg.

*

In unserer Abteilung angekommen, sperrten wir Bettina in eine sogenannte Abstandszelle (*Wartezimmer für Angeschuldigte*) und begaben uns in unser Büro.
„Also wenn ihr mich fragt, hat Bettina nichts mit dem Mord zu tun", gab ich meine Meinung bekannt.
„Warum hat sie denn ein falsches Alibi gegeben?" machte sich Alain Gedanken.
„Angela, was ist deine Meinung?" wollte ich wissen.
„Ich kann es nicht sagen. Entweder sie ist unschuldig oder ist sich ihrer Sache ganz sicher, alle Spuren die sie überführen könnten, vernichtet zu haben."
„Habt ihr gesehen wie erstaunt sie war als wir kamen und ihr die Verhaftung eröffneten?"

fragte ich in die Runde. „Bettina ist Polizistin, nicht Schauspielerin. Ich bin überzeugt, dass sie nichts mit dieser Tötung zu tun hat."

„Ich eröffne mal die Einvernahme auf dem PC", sagte Alain und setzte sich an seinen Büroplatz während Angela sich von uns verabschiedete.

„OK, dann hole ich mal unsere Verdächtige damit wir sie befragen können", sagte ich zu Alain und verliess das Büro in Richtung Abstandszimmer.

Als ich mit Bettina in unser Büro kam, war Alain mit der Eröffnung der Befragung bereit und wir konnten beginnen.

„Zuerst mache ich dich auf deine Rechte aufmerksam. Ich gehe davon aus, dass du sie kennst und ich sie dir nicht explizit erklären muss. Oder?"

„Kein Problem, ich kenne die Phrasen."

„Gut, dann frage ich dich; möchtest du einen Rechtsvertreter? Wenn ja, hast du einen Wunschanwalt oder sollen wir dir einen Pflichtverteidiger vom Polizeiverband organisieren?"

„Ich brauche keinen Anwalt. Ich wüsste nicht wofür. Ich bin sicher, das Missverständnis das hier vorliegen muss, ist in Kürze gelöst und ich kann nach Hause gehen. Ich habe mir nämlich

nichts, rein gar nichts vorzuwerfen. Ich weiss nicht was euch zu mir geführt hat und was ihr für neue Belastungen mir gegenüber gefunden haben könntet. Was immer es auch sein mag, es ist falsch. Ihr seid auf der falschen Fährte."
„Ich muss dir, bevor wir anfangen noch sagen, dass wir uns im Einvernahmeprotokoll schriftlich nicht duzen, das kommt bei den Richtern nicht gut an. Einverstanden?"
„Von mir aus, kein Problem, ob du oder sie."
„Dann fangen wir doch mal mit dem falschen Alibi an, welches du uns gegeben hast", fiel ich direkt mit der Tür ins Haus.
„Was habe ich?", fragte sie ungläubig.
„Du hast es schon verstanden. Ich frage dich deshalb noch einmal: Wo warst du in der Nacht vom 15. auf den 16. Juni?"
„Wie gesagt, ich hatte Nachtdienst."
„Hättest du eigentlich gehabt das stimmt. Du bist aber nach Hause gegangen. Das Alibi ist deshalb sehr brüchig und nicht sehr gut ausgedacht. Das Gegenteil ist sehr einfach zu belegen mit dem Wachtjournal."
„Schei... jetzt verstehe ich. Natürlich bin ich nach Hause gegangen. Ich fühlte mich hundselend. Ich hatte Durchfall und musste erbrechen. Ich hatte vermutlich eine Art Magen/Darm-Grippe eingefangen. Zuhause

habe ich mir einen Tee gekocht und bin ins Bett gegangen. Am andern Morgen war schon mehr oder weniger alles vorbei, ausser, dass ich mich noch ein bisschen schlapp fühlte."
„Warum hast du uns das nicht gleich gesagt?", hakte ich nach.
„Die Mitteilung vom Tod von Thomas hat mir scheinbar doch mehr zugesetzt als vorerst angenommen. Immerhin waren wir eine lange Zeit zusammen. Ich habe schlicht nicht mehr daran gedacht, zumal es mir wieder gut ging."
„Es kommt ja nicht alle Tage vor, dass man vom Dienst nach Hause muss wegen Übelkeit. Es ist deshalb ziemlich schwierig zu glauben, dass dir das entfallen ist bei unserer Befragung. Verstehst du das?"
„Natürlich verstehe ich das. Es ist nun mal so. Kannst du auch verstehen, dass ich durch die Nachricht vom Tod von Thomas ziemlich aus dem Geleise geworfen wurde?", stellte sie die Gegenfrage.
„Du siehst aber schon ein, dass du zurzeit sehr schlechte Karten hast. Du hast kein stichfestes Alibi und hast uns zudem ein Falsches gegeben, ob nun bewusst oder fahrlässig bleibe mal dahingestellt. Tatsache ist, dass du für die Tatzeit keines hast und dass du ein starkes Motiv für die Tat hattest. Ich rate dir

als Kollege, lass dir vom PBV (*Polizei Beamten Verband*) einen Anwalt zuteilen. Selbst wenn ich dir glauben würde, was ich nur zu gerne täte, muss ich dich aufgrund der vorliegenden Fakten vorerst in Polizeihaft nehmen und dem Staatsanwalt zuführen. Dieser muss dann entscheiden, ob du wieder auf freien Fuss gesetzt wirst oder nicht. Ich kann dir nur versprechen, dass ich alles daransetzen werde, dieses Tötungsdelikt so schnell wie möglich aufzuklären um die oder den Schuldigen, hinter Gitter zu bringen".

Alain bot sich an, Bettina ins ProPoG (Provisorisches Polizei Gefängnis) zu bringen und ich verabschiedete mich für's erste von ihr.

„Die lügt doch" waren die ersten Worte von Alain nach dessen Rückkehr in unser Büro.

„Man weiss doch nach so kurzer Zeit noch, wenn man wegen Unwohlseins den Arbeitsplatz verlassen hat. Das ist ja schliesslich nichts Alltägliches", begann er sich zu ereifern.

„Es tönt vielleicht unlogisch, aber dieser Blick von Bettina..."

„Ja, was willst du sagen? Was ist mit diesem Blick?"

„Ihre Augen scheinen mir irgendwie zu ehrlich. Ich will noch nicht daran glauben, dass sie als Täterin in Frage kommt."

„O Oh?!" foppte mich Alain. „Hast du dich etwa in sie verguckt? Weisst du noch, was du zu mir gesagt hast als wir bei der Witwe Hutter waren und ich den Blick nicht mehr von ihr lassen konnte? Ich dachte, du seiest erhaben über solche Gefühle." (*Siehe Band Nr.1, Das andere Gesicht*)
„Jetzt mach mal halblang», bat ich meinen Kollegen. «Das ist rein professionell. Ich versuche mir von jedem Angeschuldigten ein Bild zu machen ob er zu so einer Tat fähig ist oder nicht. Obwohl, ich muss schon sagen, sie sieht sehr gut aus und sie würde wohl von den wenigsten Männern von der Bettkante gestossen".
„Also, nun mal ernsthaft; wo machen wir weiter?", kam Alain zum Thema zurück. „Ich denke, wir sollten trotzdem die anderen Alibis so gut wie möglich prüfen obwohl ich eigentlich überzeugt bin, dass wir die Täterin eingesperrt haben. Es geht mir vielmehr darum, die Unschuld der andern zu beweisen. Was meinst du?" fragte mich mein Kollege.
„Das ist sicher eine gute Idee. Wir sind schliesslich verpflichtet, die belastenden Indizien ebenso seriös zu prüfen wie die Entlastenden. Ich meinerseits rufe mal den Staatsanwalt Rupp an und teile ihm mit, was wir soeben von

Bettina gehört haben". Während der letzten Worte hatte ich bereits den Telefonhörer in die Hand genommen und tippte die Nummer des Staatsanwaltes ein.

„Soll ich den Chef noch orientieren?" fragte Alain.

„Mach das, das ist gut, dann ist er auch auf dem neuesten Ermittlungsstand." Alain verliess unser Büro und zeitgleich meldete sich der Staatsanwalt am andern Ende der Leitung.

„Hallo Herr Rupp, Buck am Apparat"

„Ah, hallo Herr Buck wie steht es? Wie weit sind wir mit den Ermittlungen, bzw. hat diese Frau Probst ein Geständnis abgelegt?"

„Nein, leider nicht. Sie bestreitet, etwas mit der Sache zu tun zu haben."

„Und weshalb dann dieses falsche Alibi?"

„Sie will sich einfach im ersten Moment des Schockes nicht mehr daran erinnert haben."

„Aber sie glauben ihr nicht etwa oder? Entschuldigen sie den Ausdruck, aber diese Ausrede stinkt zum Himmel."

„Das ist richtig. Trotzdem kann ich mir nicht vorstellen, dass Bettina zu so einem kaltblutigen Mord, plus Entsorgung der Leiche fähig ist. Sie hätte gar nicht die Kraft, die 85 kg schwere Leiche in ein Auto zu hieven. Es sei denn, sie hätte eine Gehilfin oder einen Gehilfen."

„Das ist natürlich nicht auszuschliessen. Was ist, wenn sie sich mit diesem Bruno Krieg zusammengetan hat. Beide hätten ein Motiv."

„Das stimmt, aber sie vergessen, Krieg hat ein stichfestes Alibi. Er war in Paris zur Tatzeit".

„Stimmt, da haben sie auch wieder recht. Und, wie denken sie weiter zu fahren?"

„Ich werde mal das Auto von Bettina Probst genauestens unter die Lupe nehmen lassen ob sich allfällige Spuren der Leiche darin finden lassen"

„Ja, das finde ich gut. Wenn wir in ihrem Kofferraum noch Spuren des Opfers finden, haben wir ein weiteres Indiz, obwohl für mich kein Zweifel mehr besteht, dass sie ihn umgebracht hat."

Nach diesen Worten verabschiedeten wir uns und ich gab den Auftrag an das Forensische Institut weiter.

Gleichzeitig kam Alain in unser Büro zurück.

„Ich habe den Chef informiert. Er teilt meine Meinung und kann sich nicht vorstellen, dass jemand so kurze Zeit nach dem Vorfall vergisst, dass er, oder eben sie, krank war und von der Arbeit nach Hause gegangen ist. Ich glaube, diesmal trügt dich dein Gespür. Ich will jetzt nicht weiter auf den Grund eingehen", fügte er noch schelmenhaft bei.

„Wenn du nichts dagegen hast, setze ich die Alibiüberprüfungen fort und fahre mal an den Katzensee. Wer weiss, vielleicht finde ich dort etwas heraus das uns weiterhilft. Ich weiss, das ist die berühmte Stecknadel im Heuhaufen, aber wir müssen es ja trotzdem tun."

„Ich verstehe", sagte ich „aber vergiss nicht bei all den Bikini-Girls was du eigentlich fragen wolltest!" gab ich ihm seinen vorherigen Seitenhieb zurück.

„Das sagst ausgerechnet du!", mit diesen Worten verabschiedete er sich.

*

„Grüss Gott, mein Name ist Bayard. Ich bin von der Kriminalpolizei. Darf ich sie was fragen?", dabei hielt Alain dem Kioskbetreiber seinen Ausweis vor's Gesicht. „Sind sie der Geschäftsführer von diesem Kiosk?"

„Wenn sie das so nennen wollen, ja. Ich bin Leiter dieses Kioskes. Mein Name ist Keller. Was möchten sie von mir wissen? Habe ich etwas angestellt?"

„Nein, aber vielleicht können sie mir helfen. Ich weiss, hier verkehren zwar sehr viele Leute aber vielleicht kennen sie diesen Mann zufällig?", dabei zeigte er dem Kioskleiter das Foto von Brunner. Der Befragte brauchte nicht sehr lange um unseren Rolf Brunner auf dem Foto zu erkennen.

„Ja, diesen Mann kenne ich. Ich weiss zwar nicht wie er heisst, aber er ist, wenn man das in einer Badeanstalt so sagen kann, ein Stammgast. Er kommt sehr oft hierher und platziert sich immer dort drüben, unweit des Lindenbaumes.» Dabei zeigte er mit der Hand in Richtung See, wo in einer Entfernung von ca. 20 Metern ein grosser Lindenbaum stand. Jedes Mal wenn er da ist, kauft er sich ein Magnum-Glacé mit Mandeln. Deshalb kenne ich ihn auch. Warum wollen sie das wissen? Hat er etwas verbrochen?"

„Wann haben sie ihn den zum letzten Mal gesehen?", fragte Alain weiter, ohne auf die Frage von Keller einzugehen.

„Ich glaube, das war am Sonntag vor einer Woche. Seither lud das Wetter ja eigentlich nicht mehr zum Bade."

„Sind sie alle Tage hier? Auch bei schlechtem Wetter?" wollte Alain noch wissen.

„Ja, ich bin im Sommer jeden Tag da. Dafür gönne ich mir im Winter ein wenig Freizeit."

„Können sie sich an den Mittwoch, 15. Juni erinnern?"

„Moment", er schien nachzudenken. Nach kurzer Überlegung fuhr fort. „Das war doch der Tag an dem die Schweiz an der EM in Paris gegen Rumänien gespielt hat. Oder?"
„Das ist genau richtig", pflichtete ihm Alain bei.
„Ja, ich kann mich gut erinnern. Es herrschte ziemlich garstiges Wetter an dem Tag. Viele Leute konnte der See nicht anlocken. Es waren kaum mehr als 10 Badegäste anwesend an diesem Tag. Ich erinnere mich deshalb so genau, weil ich mir sagte, gut so, da kann ich frühzeitig Schluss machen und mir das Spiel der Schweizer Fussballnationalmannschaft zuhause in Ruhe anschauen."
„War dieser Mann vielleicht auch unter den ca. 10 Badegästen?"
„Mit Sicherheit nicht. Das wüsste ich. Selbst wenn er sich ausnahmsweise einen anderen Platz ausgesucht hätte, wäre er mir nicht verborgen geblieben. Ich hätte ihn gesehen und erkannt. Nein, dieser Mann war ganz sicher nicht da."
„Sind sie ganz sicher? Es ist wichtig"
„Ich bin mir zu 100 Prozent sicher. Das kann ich unterschreiben", antwortete der Mann. „Bei so wenigen Gästen sehe ich jeden einzelnen

und wenn ich jemanden kenne, dann bleibt der mir auch im Gedächtnis."
"Vielen Dank, Herr Keller, sie haben mir einen grossen Dienst erwiesen. Es ist möglich, dass wir ihre Aussage noch in schriftlicher Form benötigen. In diesem Falle würde ich mich wieder bei ihnen melden." Mit diesen Worten verabschiedete sich Alain vom Kioskinhaber.

*

„Du wirst es nicht glauben", waren die ersten Worte von Alain als er ins Büro zurückkam. „Ich habe zwar keinen Zeugen gefunden der Brunner in der Badi gesehen hat, dafür einen der ihn nicht gesehen hat".
„Versuchst du gerade mich auf die Folter zu spannen oder mich zu verarschen? Ich kann tausend Leute ansprechen die ihn nicht gesehen haben."
„Aber deine tausend Leute können nicht bezeugen, dass Brunner nicht in der Badi war. Mein Zeuge aber schon."
Daraufhin klärte mich Alain auf über alles was er gehört und gesehen hatte bei seinen Ermittlungen.
„Das ist krass, muss ich schon sagen. Jetzt haben wir schon zwei von vier Verdächtigen die beide ein Motiv und ein falsches Alibi

haben. Ich denke, wir müssen uns diesen Brunner noch einmal vorknöpfen. Mal sehen, ob er diesmal immer noch so gross gekotzt daher kommt."

„Ich rufe ihn gleich an", sagte Alain.

„Nein, warte", machte ich den Einwand, „Wir gehen zu ihm ins Büro und holen ihn ab. Das macht ihm sicherlich mehr Spass und ist schliesslich ein Entgegenkommen unsererseits im wahrsten Sinne des Wortes. Findest du nicht?"

„Gute Idee. Das wird ihn sicher freuen", gab Alain ebenso sarkastisch zur Antwort.

Nachdem wir sowohl unseren Chef, als auch den zuständigen Staatsanwalt, Hermann Rupp über die neuesten Entwicklungen in Kenntnis gesetzt hatten, verliessen wir gemeinsam das Büro und begaben uns zu Fuss in das nur wenige hundert Meter von unserem Arbeitsplatz entfernte Büro des Verdächtigen.

Zuerst sprachen wir beim Vorgesetzten, Herrn Kuratli vor. Er empfing uns sehr freundlich und zuvorkommend.

„Grüss Gott meine Herren. Hat sich die traurige Sache nun geklärt?" fragte er interessiert.

„Noch nicht ganz", gab ich ihm zur Antwort. Wir sind daran, einen DNA Abgleich zu

machen. Wir müssen aber leider davon ausgehen, dass es sich beim Toten tatsächlich um Thomas Wilchinger handelt. Sobald wir genaue Angaben haben, werden wir sie informieren."
So wie es den Anschein machte, hatte sich Martin Kuratli bereits damit abgefunden, dass er sich nach einem neuen Mitarbeiter umsehen musste. Sein Gesichtsausdruck verriet jedenfalls keine sehr grosse Überraschung.
„Wir sind hier, weil wir noch einige Fragen an Rolf Brunner haben. Dafür muss er uns in unser Büro begleiten."
Sie wollen aber damit nicht sagen, dass Rolf etwas mit dem Tod von Thomas zu tun hat oder?", fragte er verängstigt.
„Das wissen wir noch nicht, aber wir ermitteln in alle Richtungen". Gab ich ihm die neutrale Antwort. „Können sie uns vielleicht zu seinem Büro führen", fragte ich noch anstandshalber.
„Aber natürlich", antwortete er und stand von seinem Bürostuhl auf. „Folgen sie mir bitte".
Wir gingen die Treppe hoch, in die obere Etage. Dort sah es genau gleich aus wie eine Etage tiefer. Ein langer, mit grauem Linoleum ausgelegter Korridor welcher rechts und links mit Bürotüren versehen war.
Vor der dritten Türe hielt Martin Kuratli an und klopfte daran. Danach öffnete er sie, ohne

eine Antwort abzuwarten. Er liess uns eintreten und verabschiedete sich diskret von uns.
Rolf Brunner sass an seinem Schreibtisch und bearbeitete einen PC. Als er uns, zusammen mit seinem Chef sah, schaute er mit grossen ungläubigen Augen in unsere Richtung.
„Herr Brunner, wir kennen uns ja, deshalb erübrigt sich eine Vorstellung. Ich bitte sie, uns in unser Büro zu begleiten".
„Was? ...Jetzt? Seid ihr von allen guten Geistern verlassen? Ich kann doch nicht einfach alles liegen und stehen lassen. Ich habe hier eine wichtige Arbeit und werde nicht fürs Herumsitzen bezahlt wie sie. Sie können mir einen Termin geben, dann werde ich zu ihnen kommen, aber jetzt komme ich ganz sicher nicht mit".
„OK, Ich gebe ihnen einen Termin, und der ist jetzt. Bitte fahren sie ihnen PC herunter und begleiten sie uns".
„Kommt nicht in Frage. Ich habe nichts getan und habe alles gesagt was ich weiss. Es gibt keinen Grund so gegen mich vorzugehen. Haben sie etwa einen Verhaftsbefehl?"
„Gegenfrage: Haben sie ein Faxgerät?"
„Logisch. Was soll nun diese blöde Frage?"
„Gut so", sagte ich. Dann mache ich ein kurzes Telefon und fünf Minuten später werden sie

höchstpersönlich ihren Haftbefehl aus dem Faxgerät ziehen können. Wollen wir wetten?"
Was soll der Quatsch! Mir ist nicht zum Scherzen zumute. Ich komme nicht mit, basta!" Damit setzte er sich demonstrativ wieder auf seinen Bürostuhl von welchem er vorher aufgestanden war.
„Hören sie Herr Brunner. Ich sage es ihnen jetzt ganz anständig und zum letzten Mal. Sie können zwischen zwei Möglichkeiten wählen. Entweder sie kommen freiwillig, oder wir nehmen sie mit. Ist das klar genug ausgedrückt?"
Jetzt blieb er stumm und schaute mich mit hasserfülltem Blick an, was mich allerdings nicht sehr beeindruckte. Er schien nachzudenken. Nach einer Pause von vielleicht dreissig Sekunden, schaltete er seinen PC aus und zog sich eine Jacke über. Offensichtlich hatte er begriffen und war bereit, uns zu begleiten.
Vollkommen stumm schritten wir zu dritt an der Sihlpost vorbei, in Richtung Zeughausstrasse.
In unserem Büro angekommen, bat ich Rolf Brunner Platz zu nehmen und konfrontierte ihn sofort mit dem falschen Alibi.
„Warum haben sie uns angelogen? Sie waren gar nicht am Katzensee am fraglichen Nachmittag."

„Wer sagt das?" wollte er wissen.
„Das spielt jetzt keine Rolle. Was ausschlaggebend ist, ist die Tatsache dass Sie uns nicht die Wahrheit gesagt haben. Deshalb frage ich sie noch einmal: Wo waren sie am Nachmittag des 15. Juni 2016?"
„Am Katzensee" kam die schnelle Antwort.
„Diesen Bären versuchten sie uns schon mal aufzubinden. Hat leider nicht geklappt. Jetzt möchte ich noch die Wahrheit wissen."
„Ich sage gar nichts mehr, solange ich nicht weiss, wer so einen Blödsinn erzählt und behauptet, ich sei nicht dort gewesen."
„Dann lassen sie es sein, wenn es ihnen lieber ist." Dann wandte ich mich zu Alain und redete laut genug mit ihm, dass unser Verdächtigter es hören musste:
„Eröffnest du mal den Verhaftsrapport, Alain, damit wir Herr Brunner zum Nachtessen anmelden können und ein Bett für ihn reserviert wird." Mit diesen Worten stand ich auf und wendete mich der Türe zu.
„Was soll das?", begann er jetzt zu toben. Er stand von seinem Stuhl auf und wollte auf mich zugehen. Mit kraftvollem Griff am Oberarm, drückte ich ihn auf seinen Stuhl zurück.
„Herr Brunner", sagte ich zu ihm. „Sie wollen nicht reden, dann gebe ich ihnen halt Zeit, in

der Zelle darüber nachzudenken, wo sie den Nachmittag des 15. Juni verbracht haben. Für mich eilt es nicht. Ich habe alle Zeit der Welt."
Trotz allem liess er sich nicht erweichen und blieb bei seiner Behauptung. So blieb uns keine andere Wahl, als ihn zu inhaftieren.
Alain verfasste die schriftlichen Formulare und Rolf Brunner wurde ins ProPoG überführt.
„Bin mal gespannt, wie er sich morgen verhält, wenn er erst einmal eine Nacht bei uns verbracht hat", sagte ich zu meinem Kollegen, nachdem wir wieder alleine waren.
„Ich bin mir sicher, dass er morgen ein ganz anderer Mensch ist. Ich denke, dass er von seinem hohen Ross heruntersteigen wird. Bekanntlich hat unsere Gaststätte schon oft Wunder gewirkt."
„Ich informiere noch kurz den Staatsanwalt über die Festnahme, dann machen wir für heute Schluss."

*

Am nächsten Morgenrapport klärte ich unsere Mannschaft über den neuesten Ermittlungsstand auf. Anschliessend verschwanden alle in ihren Büros und auch Alain und ich taten es ihnen gleich.

„Ich denke, wir lassen Brunner gleich jetzt kommen und schauen mal, was er uns zu erzählen hat. Vielleicht ist ihm ja eine Erleuchtung gekommen letzte Nacht", wandte ich mich an Alain.
„Ja, ich denke das ist das Schlaueste was wir im Moment machen können. Ich werde ihn gleich selbst abholen und hierher bringen. Möglicherweise sagt er mir ja schon auf dem Weg hierher etwas." Mit diesen Worten verliess Alain unser gemeinsames Büro.
„Guten Tag Herr Brunner" begrüsste ich kurze Zeit später unsern Gast. „Haben sie gut geschlafen?" Anstelle einer Antwort schaute er mich unglaublich böse an. Vermutlich hatte er diesen Blick in der Nacht vor dem Spiegel geübt. Einfach so, kann man das nicht. Dumm für ihn war nur, dass dieser Blick bei mir keinerlei Wirkung zeigte. Zuviel hatte ich in meinem Polizistenleben erlebt und war gegen solche Situationen immun.
„Und, haben sie mir etwas zu sagen" wollte ich wissen.
„Ich rede nicht mehr mit ihnen" kam prompt seine Antwort.
„Das ist ihr gutes Recht. Genauso wie es mein Recht ist, ihnen Fragen zu stellen. Deshalb

frage ich sie noch einmal: wo waren sie am Mittwoch, den 15. Juni?"
„Wie oft soll ich es noch wiederholen? Ich rede nicht mehr mit ihnen."
„OK, dann frag du ihn doch mal wo er am 15. Juni war, Alain. Vielleicht gibt er dir ja Auskunft. Aber bitte, Herr Brunner, kommen sie mir nicht mehr mit diesem Bad am Katzensee. Diese Story ist Geschichte". Daraufhin verliess ich unser Büro und liess Alain die Einvernahme alleine machen.
„Also, Herr Brunner", begann Alain. „Wollen sie mir sagen, wie sie den besagten Nachmittag verbracht haben?", begann Alain die Befragung.
„Wenn sie sonst keine Ruhe geben, muss ich es wohl sagen. Ich habe mich im Hotel Airport in Kloten mit einer verheirateten Frau getroffen. Sie müssen mir aber versprechen, dass niemand davon erfährt."
„Wir werden es bestimmt nicht an die grosse Glocke hängen, aber versprechen kann und muss ich ihnen gar nichts. Nur, dass das klar ist. Wenn es der Wahrheitsfindung dient, dann werden wir es nicht verheimlichen können. Das hätten sie sich früher überlegen sollen. Tut mir leid."

Daraufhin legte der Mann seinen Kopf in die Arme auf den Tisch. Vermutlich flossen ein paar Tränen in den Ärmel seines leichten Pullovers.
„Wie heisst denn diese Frau?", fragte Alain weiter.
„Das werde ich ihnen bestimmt nicht sagen, sonst geht eine ganze Familie kaputt".
„Ohne Namen ist das schöne Alibi gleich viel wert wie die Geschichte mit dem Katzensee, nämlich null. Oder wollen sie, dass ich mich in unserer Hotelkontrolle umsehe und die Frau offiziell suchen lasse?"
„Nein, natürlich nicht. ...äh ...also, dann sage ich es halt. Sie heisst Verena Küng".
„Und weiter?" trieb ihn Alain an.
„Sie wohnt an der Gutstrasse in Zürich, in einem Hochhaus, unmittelbar bei der dortigen Bushaltestelle. Sie ist verheiratet und hat zwei schulpflichtige Kinder. Was wollen sie noch mehr wissen?"
„Wie lange geht das schon mit ihnen beiden?"
„Das tut ja wohl nichts zur Sache oder?"
„Dann frage ich die Frau eben selbst. Vielleicht ist sie ja gesprächiger als sie."
„Nein, das tun sie nicht. Wenn der Mann das erfährt, gibt es eine Katastrophe. Er arbeitet auf dem Bau, ist sehr kräftig und sehr brutal

und gewalttätig ihr gegenüber. Das ist auch der Grund, weshalb wir zusammen gefunden haben. Sie hat einmal bei mir ihr Herz ausgeschüttet. Ich habe ihr oft gesagt, sie solle sich doch von ihm trennen aber sie hat zu grosse Angst vor ihm."
„Ist Ihnen noch nie in den Sinn gekommen, die Polizei einzuschalten?"
„Die machen doch nur noch mehr kaputt. Vielleicht nehmen sie den Mann mit und zwei Tage später ist er wieder auf freiem Fuss und rächt sich an der Frau. Nein, das lassen wir lieber sein."
„Wir haben eine speziell ausgebildete Truppe für solche Fälle, die sich ausschliesslich mit Fällen von häuslicher Gewalt beschäftigt. Dort kann ihr geholfen werden, ganz sicher."
Nun klopfte es an der Türe und René Harm streckte den Kopf in unser Büro.
„Wo ist Franz" fragte er ganz aufgeregt.
„Ich weiss es nicht, er hat das Büro verlassen", gab ihm Alain zur Antwort.
„Sag ihm bitte, er soll mich dringend anrufen, wenn er zurückkommt." Danach verschwand er wieder wie er gekommen war.
„Also Herr Brunner, entschuldigen sie die Störung. Ich werde ihre Aussagen überprüfen

und wenn alles stimmt was sie gesagt haben, dann können sie wieder nach Hause gehen."
Sie brauchen nichts zu überprüfen. Glauben sie ich hätte etwas so Belastendes gesagt wenn es nicht der Wahrheit entspräche?"
„Ein Seitensprung mit einer verheirateten Frau ist zwar keine Tugend und nichts worüber man sich rühmen könnte, aber im Sinne des Gesetzes auch nicht verboten. Ein Mord hingegen schon. Haben wir uns verstanden? Merken sie den Unterschied?"
„Ja, ist ja gut. Dann tun sie halt was sie glauben tun zu müssen."
Daraufhin verbrachte Alain Rolf Brunner wieder in seine Zelle zurück.

*

Als ich nach einer Weile wieder in Richtung unseres Büros ging, stand die Türe halb offen und das Büro war menschenleer. Ich sah, dass die Einvernahme fertig unterschrieben auf Alain's Schreibpult lag. Ich nahm das Protokoll an mich und war gespannt, was für Geschichten Brunner diesmal erfunden hatte. Ich glaubte ihm nämlich kein Wort. Viel zu grosskotzig war sein bisheriges Auftreten. Ich war noch nicht ganz fertig mit dem Durchlesen, als Alain zurück kam.

Mir genügte, was ich gelesen hatte und fragte Alain deshalb:
„Glaubst du ihm diese Geschichte?"
„Warum nicht? Sie scheint mir ziemlich glaubhaft."
„Schätzest du Brunner so dumm ein, dass er sich lieber in einen Mordfall verwickeln lässt als uns die Wahrheit zu sagen und uns seinen Seitensprung zu beichten?"
„Ich weiss es wirklich nicht. Einerseits kam er mir ehrlich vor und andererseits muss ich sagen, hat er sich ziemlich dumm benommen mit seinem überheblichen Auftritt. Ach ja, übrigens muss ich dir ausrichten, dass du sofort René Harm anrufen sollst wenn du zurück bist."
„Hat er gesagt um was es geht"?
„Nein, er hat nur den Kopf zur Türe hinein gestreckt und schien ziemlich nervös."
Ich nahm den Hörer zur Hand und rief René an.
„Hallo René, Franz am Apparat. Hast du gute Neuigkeiten für mich?" fragte ich den Schusswaffenspezialisten.
„Und ob ich Neuigkeiten habe. Ob sie gut oder schlecht sind musst du selbst entscheiden. Ich komme schnell zu dir rauf. Bist du im Büro?"
„Ja, sicher", sagte ich und legte auf.

„Was ist denn los? Sagte ich zu Alain. So nervös habe ich René noch nie erlebt. Er schien beinahe zu hyperventilieren am Telefon."
Kaum hatte ich diesen Satz beendet, wurde auch schon die Türe aufgerissen und René Harm stürmte in unser Büro. Offensichtlich war er die zwei Treppen hinaufgerannt denn er war völlig ausser Atem.
„Hallo Franz, du wirst es nicht glauben. Rat mal aus welcher Waffe die Pistolenkugel stammt, welche auf Thomas Wilchinger abgefeuert wurde?"
„Keine Ahnung, aber du wirst es mir sicher gleich sagen", antwortete ich auf seine Frage.
„Es handelt sich um die Dienstwaffe von Bettina Probst", klärte er mich auf. Dabei sprach er ganz leise, so als dürfte das niemand hören.
Alain schnappte mit den Fingern in der Luft.
„Siehst du? Was habe ich gesagt? Der Fall ist gelöst"
Jetzt fiel mir tatsächlich das Kinn herunter. Mit allem hatte ich gerechnet, aber nicht mit dieser Nachricht.
„Na, das ist ja eine sehr interessante Neuigkeit. Das hätte ich nie vermutet. Offensichtlich haben mich alle meine Sinne und Menschenkenntnisse im Stich gelassen, Ich war nämlich

scheinbar der Einzige, der bisher an die Unschuld von Bettina glaubte. Vermutlich werde ich mich jetzt eines Besseren belehren lassen müssen. Dann wollen wir doch mal schauen, was Bettina selbst dazu sagt. Ich werde sie gleich befragen.
Sag mal René, Weiss schon jemand anders von dieser Entdeckung?"
„Ich habe ausser mit dir, noch mit niemandem darüber gesprochen", versicherte er mir.
„Gut so. Das soll bitte auch so bleiben. Leg doch deinen Bericht vorläufig unter „Privat" ab. Du kannst ihn dann freigeben, wenn der Fall gelöst ist."
„Kein Problem, wenn du das willst dann wird diese Erkenntnis alleine bei mir bleiben. Ich muss nicht einmal meinen Chef darüber informieren, denn er hat ja nichts mit der Sache zu tun."

Wie sich herausstellte, war Bettina in der Zwischenzeit ins Bezirksgefängnis Zürich verlegt worden, da Frauen normalerweise nicht sehr lange im ProPoG bleiben. Somit musste ich Bettina durch den Gefangenentransport bringen lassen was, gemäss des zuständigen Schichtleiters, wegen des dauernden Unterbestandes der Mannschaft erst am Nachmittag möglich sei.

„OK, dann halt am Nachmittag. Ist soweit nicht schlimm, so habe ich noch genügend Zeit, mich auf die Einvernahme vorzubereiten", sagte ich zu Alain nachdem ich das Telefon aufgelegt hatte.

Nun ging ich zuerst zum Chef und überbrachte ihm diese umwerfende Neuigkeit.

„Bist du mit mir einverstanden", fragte ich ihn danach, „wenn ich die Sache noch geheim halte, d.h. ich möchte die andern noch nicht damit konfrontieren und werde morgen am Rapport noch nichts davon erwähnen, bis die Sache geklärt ist. Du weisst ja wie das ist. Je weniger Leute davon wissen, umso weniger dringt etwas hinaus."

„Das ist OK. Ich bin deiner Meinung. Bis die Sache geklärt ist, gilt auch für Bettina die Unschuld und wenn die Mannschaft oder gar die Öffentlichkeit davon erfährt, wird Bettina in den Köpfen bereits verurteilt. Das möchte auch ich verhindern."

*

Es war genau 13:30 Uhr, als es an unsere Bürotür klopfte und ein Mitarbeiter des

Gefangenendienstes uns Bettina Probst überbrachte.

„Hallo Bettina, nimm Platz", bat ich meine Kollegin, (*oder sollte ich besser sagen meine Ex Kollegin?*) und wies ihr den dafür vorgesehenen Platz zu.

„Hast du uns etwas zu sagen?" begann ich die Befragung.

„Nein, ich kann mich nur wiederholen. Ich habe alles gesagt was ich weiss. Alles andere wäre gelogen."

„Ist nicht das was du bisher gesagt hast bereits gelogen?"

„Nein, ich habe die Wahrheit gesagt. Ich schwöre es."

„Dann sagst du es mir halt noch einmal. Wie hast du den Nachmittag des 15. Juni verbracht?"

„Nach dem Vormittagsdienst bin ich in den Neumarkt nach Oerlikon ins Migros Restaurant gegangen und habe etwas gegessen. Danach ging ich nach Hause um für den Nachtdienst vorzuschlafen. Ich stand ca. um 1630 Uhr auf und bereitete mich auf meinen Nachtdienst vor."

„Was heisst das genau", unterbrach ich sie.

„Ich habe geduscht und mich frisch gemacht. Danach trank ich einen Kaffee und ass eine

Kleinigkeit dazu, so wie ich das immer mache. Um ca. 18:00 Uhr bin ich aus dem Haus gegangen auf den Polizeiposten."
„Und, wie fühltest du dich dabei?"
„Ich weiss nicht wie ich sagen soll. Ich fühlte mich einfach nicht fit und es war mir irgendwie schlecht. Ich hoffte aber, dass sich dies legen würde während der Arbeit, doch da wurde es immer schlimmer und schliesslich musste ich mich übergeben und bin deshalb nach Hause gegangen."
„Und dann?"
„Wie schon gesagt, habe ich mir einen Tee gekocht und bin ins Bett gegangen. Am folgenden Tag fühlte ich mich wieder besser. Ich weiss auch nicht was das war."
„Kann es vielleicht sein, dass dieses Unwohlsein durch ein schreckliches Erlebnis ausgelöst wurde?"
„Du glaubst mir noch immer nicht und brauchst einfach einen Schuldigen oder eine Schuldige. Stimmts?"
„Ich würde dir ja gerne glauben aber die Fakten sprechen definitiv gegen dich. Willst du noch immer keinen Anwalt?"
„Wenn ihr mich alle im Kopf bereits verurteilt habt, dann werde ich wohl einen brauchen,

auch wenn ich tausendmal sage, dass ich unschuldig bin."

„OK, soll ich dir gleich einen bestellen? Hast du einen Favoriten oder ist es egal welchen Verteidiger dir der Verband zustellt? Soviel ich weiss, sind alles sehr gute Anwälte."

„Ich kenne keinen dieser Vertragsanwälte, aber ich habe auch schon gehört, dass es sich um gute Verteidiger handeln soll. Ist egal, bestell einfach einen, oder kennst du persönlich einen und kannst ihn mir empfehlen?"

„Ja, mit Matthias Berner hatte ich schon zu tun. Er scheint mir sehr seriös und ziemlich schlitzohrig den Gerichten gegenüber. Den würde ich mir nehmen an deiner Stelle."

„Ist in Ordnung, dann bestelle ihn für mich".

Ich nahm das Telefon und rief ihn an, nachdem ich mich zuvor mit dem Präsidenten des Polizeibeamtenverbandes abgesprochen hatte.

Nach kurzem Läuten meldete sich eine weibliche Stimme:

„Anwaltskanzlei Mürner und Berner, was kann ich für sie tun?"

Ich möchte gerne Herrn Berner sprechen. Ist das möglich?"

„Um was geht es"?

„Um ein Mandatsübernahme. Geben sie ihn mir doch bitte, dann erkläre ich ihm alles, sonst müssen sie wiederholen was ich gesagt habe und das verkompliziert die Sache unnötig.
"Ich verbinde sie, einen Moment..."
„Rechtsanwalt Berner, mit wem spreche ich?", meldete sich die basslastige Stimme, die ich sofort wieder erkannte.
„Guten Tag, Herr Berner, mein Name ist Buck von der Mordkommission. Vielleicht können sie sich an mich erinnern?"
„Ja, Natürlich, der Fall Ivan Isolovic. Daran erinnere ich mich gut. *(Kommt kurz zur Sprache in Band 3, „Vergessen? Nie!")* Das Gericht ist damals fast gänzlich auf meine Forderungen eingegangen. Aber darum geht es ja jetzt wohl nicht. Oder?"
Nein, ich hätte eine neue Mandantin für Sie. Es handelt sich um die Polizeibeamtin Bettina Probst. Sie wird eines Tötungsdeliktes verdächtigt. Ist es ihnen möglich, das Mandat via PBV zu übernehmen?"
„Ja, ich könnte mich heute noch darum kümmern. Ich kann mir heute Nachmittag ein Zeitfenster einräumen bis ca. 16:00 Uhr."
Gut so, dann erwarte ich Sie hier in meinem Büro an der Zeughausstrasse.

*

Es dauerte kaum eine halbe Stunde bis uns der Portier telefonisch die Ankunft des Anwaltes meldete. Ich führte ihn direkt in das Abstandszimmer in welchem Bettina Probst wartete.

„Läuten sie einfach, wenn sie zur Einvernahme bereit sind", sagte ich zum Anwalt und schloss den Raum von aussen.

Nach erstaunlich kurzer Zeit läutete die Glocke die mir signalisierte, dass die beiden bereit waren zur Aussage.

Als ich deren Tür öffnete, trat mir als erster der Anwalt entgegen.

„Sie wissen schon, dass sie die falsche Person eingesperrt haben?", sagte er zu mir, noch bevor wir unser Büro betreten hatten. Ich gab ihm darauf keine Antwort, denn er sprach mir aus der Seele. Ich selbst wollte ja nicht glauben, dass Bettina als Mörderin in Frage kommt, doch leider redeten die Fakten eine andere Sprache.

Nach der Eröffnung und der Rezitation der rechtlich obligaten Einleitung begann ich die Einvernahme im Beisein des Anwaltes. Dieser muss, gemäss Strafprozessordnung anwesend sein, damit die Befragung rechtskräftig ist. Er darf sich aber nicht einmischen, es sei denn, er werde gefragt.

„Ich fange jetzt die Einvernahme auch in Sieform an", klärte ich Bettina auf, „damit ich sie wortwörtlich aufschreiben kann. Einverstanden?"

„Sicher, dann sag ich halt auch Sie zu dir."

„Also; sie konnten sich inzwischen mit ihrem Anwalt besprechen. Gibt es irgendetwas Neues, das sie mir erzählen möchten, Frau Probst?"

„Nein, ich kann mich nur wiederholen. Ich habe mit der ganzen Sache nichts zu tun. Ich war drei Jahre lang mit Thomas zusammen, dann hat er mich betrogen und ich habe ihn aus der Wohnung geworfen. Das ist alles. Mit seiner Tötung habe ich nicht das Geringste zu tun. Mehr kann ich dazu nicht sagen."

„Eine andere Frage: Nehmen sie ihre Dienstwaffe mit nach Hause oder deponieren sie sie jeweils auf der Wache wenn sie nach Hause gehen?"

„Ich lasse sie normalerweise in der Wache. Warum?"

„Was heisst normalerweise?", fragte ich weiter, ohne auf das Warum einzugehen.

Wenn ich den Dienst am selben Ort aufnehme wo ich auch aufgehört habe, was ja meistens

der Fall ist, dann lasse ich die Waffe dort. Wenn ich aber schon zuvor von einem Aufgebot weiss, dass ich anderswo beginnen muss, zum Beispiel wegen eines Spezialeinsatzes in der Hauptwache oder so, dann nehme ich sie logischerweise mit nach Hause."
„Und wie war das am 15. Juni? Haben sie an dem Tag die Waffe mit nach Hause genommen?"
„Nein, sicher nicht. Ich habe meinen Vormittagsdienst normal auf der Wache beendet und musste auch dort wieder zum Nachtdienst einrücken."
„Als es ihnen nicht gut ging und sie wegen Übelkeit nach Hause mussten, nahmen sie da die Waffe mit?"
"Nein, weshalb sollte ich? Was sollen all diese Fragen? Ich wiederhole jetzt noch einmal; ich habe Thomas nicht umgebracht und weiss mit bestem Willen nicht, wer das getan haben könnte".
„Wann haben sie ihre Waffe zum letzten Mal benutzt?", fragte ich weiter.
„Das war vorletzte Woche ich glaube es war am Donnerstag, da hatten wir Schiesstraining. Warum wollen sie das wissen?"

„Weil Thomas Wilchinger mit einer Kugel aus ihrer Dienstwaffe erschossen wurde!" liess ich die Bombe platzen.
Mit offenem Mund und riesengrossen Augen schaute sie mich eine ganze Weile an.
„Das glaub ich jetzt nicht" stammelte sie schliesslich und stützte ihren Kopf mit beiden Armen auf der Tischplatte. Für einen Moment herrschte Totenstille, bis sich der Anwalt meldete:
„Erlauben sie, dass ich mich kurz mit meiner Mandantin unter vier Augen bespreche", fragte er scheu.
„Aber sicher" gab ich ihm die Erlaubnis dazu. Ich hoffte, danach einen Schritt weiter zu kommen. Entweder stand sie nun zu ihrer Tat oder sie beteuerte weiterhin ihre Unschuld. Jedenfalls habe ich gute Erfahrungen gemacht, wenn der Anwalt während der Einvernahme seinen Mandanten zu sprechen wünscht.
Alain begleitete die beiden in das Abstandszimmer und schloss sie ein.
„Was hältst du davon", fragte ich ihn als er zurückkam.
„Ich bin sicher, dass sie uns ein Geständnis ablegen wird, wenn sie zurück kommt", meinte mein Kollege zuversichtlich.
„Und wenn nicht?", fragte ich.

Dann hegt der Anwalt eine andere Strategie und versucht es mit einer Lüge, in der Hoffnung, wir können die Tat nicht beweisen."
„Warten wir mal ab" sagte ich. Es dauerte ca. 10 Minuten, bis sich die Glocke des Abstandszimmers wieder bemerkbar machte. Alain holte die beiden wieder zurück in unser Büro und ich notierte den Unterbruch mit einer Randnotiz auf dem Protokoll.
„Nun hatte Bettina ganz rote, verweinte Augen. Offensichtlich war ihr alles zu viel. Ich reichte ihr deshalb ein Papiertaschentuch welches sie heftig benutzte.
„Und, wie sieht es aus? Haben sie eine Erklärung dafür, wie Thomas Wilchinger mit einem Schuss aus ihrer persönlichen Waffe getötet werden konnte, ohne ihre Mitwirkung?"
Langsam erholte sich Bettina von dieser schlechten Nachricht und sie begann zu stottern:
„I...Ich ...ich weiss es nicht. Ich habe keine Ahnung. Es muss ein Irrtum sein." Dazwischen weinte sie immer wieder und konnte demzufolge das Gespräch nicht fliessend fortsetzen. „Wie ich von Anfang an gesagt habe, weiss ich nichts davon. Ich habe nichts mit der ganzen Sache zu tun." Dann schwieg sie längere Zeit und ich liess sie überlegen, ohne

ihr Schweigen zu unterbrechen. Immer wieder rannten ihr Tränen über die Wangen und sie musste sich die Nase putzen.

„Glaubst du etwa", verfiel sie plötzlich wieder in's Du, „ich sei so blöd"?

„Was wollen sie damit sagen", fragte ich scheinheilig, obwohl ich die Antwort mehr oder weniger kannte.

„Ich weiss doch, dass jede Dienstwaffe eingeschossen wird, bevor sie abgegeben wird und man auf diese Weise bei einer Schiesserei immer weiss, welcher Schuss aus welcher Dienstwaffe stammt. Da würde ich doch für so eine Tat nicht die eigene Waffe gebrauchen."

„Dann erklären sie mir mal, wer an ihre Waffe gelangen könnte, ohne dass sie davon wissen?"

„Keine Ahnung", stammelte sie. „Ich weiss es schlicht nicht".

„Jetzt reden sie mal keinen Stuss und geben sie zu, dass sie Thomas Wilchinger umgebracht haben." mischte sich plötzlich Alain ein.

Das überraschte mich jetzt wirklich. Noch nie hatte sich mein Kollege in eine Einvernahme auf diese Art eingemischt. Alle Augen waren jetzt auf ihn gerichtet. Er schaute sich fragend um und stammelte:

„Entschuldigung." Erst jetzt schien ihm bewusst zu werden, dass diese Einmischung eigentlich gar nicht seinem Naturell entsprach. Ich führte die Befragung weiter, als wäre nichts gewesen.
„Sie sagen also, sie hätten die Waffe im Polizeiposten gelassen als sie nach Hause gingen? Sowohl am Mittag als auch am Abend beim Verlassen des Dienstes?"
„Das ist richtig"
„Wo wird die Waffe aufbewahrt im Polizeiposten? Gibt's da einen Waffenschrank oder so?"
„Nein, ich lege die Waffe jeweils in meinen Spind und schliesse ihn ab."
„Nicht gerade der sicherste Aufbewahrungsort für eine Waffe oder?"
„Schon, aber ist sie zuhause sicherer? Immerhin ist der Polizeiposten 24 Stunden besetzt. Meine Wohnung hingegen steht oftmals leer."
„Hat noch jemand anderer einen Schlüssel zu ihrem Spind?" wollte ich noch wissen.
„Nicht dass ich wüsste" war ihre Antwort.
„Sie bleiben also dabei, nichts mit der Tötung von Thomas Wilchinger zu tun zu haben?"
„Das schwöre ich ihnen"
„Möchten sie noch etwas zufügen Herr Berner?" fragte ich den Rechtsanwalt, was er

verneinte. Danach beendete ich die Befragung und liess Bettina wieder in ihre Zelle bringen.

„Jetzt ist es ja wohl allen klar. Bettina lügt und ihr Anwalt versucht irgend einen Unbekannten ins Spiel zu bringen", meinte Alain, kaum dass wir wieder alleine in unserem Büro waren.

„Ich glaube nach wie vor an ihre Unschuld", antwortete ich.

„Jetzt komm mal wieder auf den Boden zurück. Ich weiss, dass du gewisse Sympathien entwickelt hast für Bettina, aber dadurch scheinst du den Überblick über die Realität zu verlieren. Wer sonst sollte denn mit i h r e r Waffe ausgerechnet d e n Mann erschiessen, der ihr so wehgetan hat? Das ergibt doch überhaupt keinen Sinn. Also, wenn du mich fragst, ist dieser Fall gelöst".

„Und, wie sieht es aus?", fragte unser Chef als er unser Büro betrat.

„Sie bleibt dabei, nichts mit der Tötung von Thomas Wilchinger zu tun zu haben", orientierte ich ihn.

„Dann lügt sie halt", war seine knappe Antwort. „Das ist ja ihr gutes Recht, wie wir alle wissen. Dann müssen wir halt stichfeste Beweise liefern."

Und, woher sollen wir die nehmen? Oder kennst du einen Zeugen der die Tötung gesehen hat? Zudem bin ich mir nicht so sicher wie ihr, dass Bettina als Täterin in Frage kommt", widersprach ich meinem Vorgesetzten.

„Aha?", fragte dieser erstaunt und schaute mich fragend an. „Wie kommst du denn zu diesem Schluss? Ich denke die Sache ist klar. Klarer geht's wohl kaum oder?"

„Für mich ist gar nichts klar. Es passt einfach alles nicht zusammen."

„Was sollte da nicht zusammen passen? Bettina hat uns ein falsches Alibi angegeben und jetzt wurde auch noch festgestellt, dass dieser Thomas Wilchinger mit ihrer Waffe erschossen wurde. Zudem hatte sie ein sehr starkes Motiv für die Tat. Was, bitte fehlt denn noch?"

„Wenn ich das wüsste, dann könnten wir den Fall abschliessen. Für mich ist Bettina zu intelligent um mit ihrer eigenen Dienstwaffe ein Tötungsdelikt zu begehen. Das passt einfach nicht. Zudem schätze ich sie zu gutmütig ein, als dass sie zu einem Mord fähig wäre."

„Jetzt hör mal auf mit dieser Gefühlsduselei. Wir sind hier bei der Polizei und nicht bei der Heilsarmee. Gefühle haben hier keinen Platz. Wir müssen uns an Fakten halten und die

sprechen in diesem Falle eine ganz klare Sprache. Ich bitte dich deshalb, den Fall so schnell wie möglich abzuschliessen und einen Schlussbericht zu erstellen. Es gibt noch genügend andere Arbeit die auf uns wartet. Wir haben keine Zeit für unnötige Ermittlungen die sowieso alle zum selben Ziel führen. Bettina Probst hat ihren Ex-Freund umgebracht weil dieser sie mit ihrer besten Freundin betrogen hat. Basta! Ist das so ungewöhnlich oder schwer zu verstehen?"
„Das tönt sehr naheliegend und logisch. Für mich genügt es aber nicht. Ich brauche ein Geständnis. Vorher kann ich diesen Fall nicht abschliessen. Tut mir leid."
„Meinetwegen. Ich gebe dir noch zwei Wochen. Dann schreibst du den Schlussbericht. Einverstanden?"
„Einverstanden, Chef. Ich hoffe, dass ich bis dahin Klarheit schaffen kann."
Nach dieser kurzen Unterhaltung verliess der Chef unser Büro wieder und liess Alain und mich alleine.
„Siehst du, er ist der gleichen Meinung wie ich. Das macht doch alles keinen Sinn. Die Beweise sind so erdrückend. Was willst du noch mehr?"

Mit diesen Worten versuchte mich Alain wohl von meiner Meinung abzubringen.

„Ich bin sicher", fuhr er weiter, „auch alle andern die den Fall kennen sind derselben Auffassung. Entschuldige, wenn ich das sage, aber du stehst mit deinem Zweifel alleine da.", fügte er noch bei.

„Das ist eine Tatsache die ich wohl akzeptieren muss. Ich kann dir sagen, das ist bei weitem nicht das erste Mal, dass ich anderer Meinung bin als die Mehrheit. Das bin ich mir gewohnt und stört mich nicht im Geringsten. Dazu kommt, dass die erdrückenden Beweise wie du sie nennst, gar keine Beweise, sondern nur Indizien sind und deshalb bei weitem nicht erdrückend auf mich wirken", antwortete ich ihm, schon leicht gereizt.

„Jetzt bleib mal auf dem Boden, Franz. Wer bitte, sollte ein Interesse daran haben, diesen Wilchinger zu töten, ausser Bettina? Und weshalb sollte dieser Unbekannte die Waffe von Bettina benutzen und wie kommt er überhaupt an diese ran? Nein, Franz, bei allem Respekt. Diesmal täuschst du dich. Schliess den Fall ab, wie der Chef es gesagt hat und dann können wir uns anderen Fällen widmen", meinte er sicher gutmütig.

„Hast du das Alibi von Rolf Brunner überprüft? War er wirklich im Hotel Airport zur Tatzeit?" fragte ich meinen Kollegen, ohne auf seinen vorangegangenen Kommentar einzugehen.

Noch nicht. Die Neuigkeit betreffend Waffe kam mir dazwischen. Ich werde mich gleich damit befassen.

Alain suchte die Nummer des besagten Hotels und rief sofort an. Ich hörte, dass sich am andern Ende der Leitung offensichtlich jemand gemeldet hatte.

„Guten Tag Herr Luginbühl. Ich bin von der Polizei und möchte sie etwas fragen. ...Haben sie am 15. Juni 2016 ein Zimmer an einen gewissen Rolf Brunner vermietet? ...Nein, ...ja, ich verstehe sie schon aber... es ist wirklich wichtig. Können sie nicht eine Ausnahme machen? ... Wie? ...Ja natürlich. Dann rufen sie mich doch zurück wenn sie mir nicht...." Jetzt schaute er wortlos den Hörer an als könnte er ihn hypnotisieren. „Aufgelegt" sagte er schliesslich. „Was ist denn das für ein Trottel? Der hätte mich doch via Zentrale zurück rufen können. Aber nein, er legt einfach auf, mitten in meinem Satz", sagte er schliesslich aufgebracht. „Ich werde jetzt sofort dorthin fahren und ihm ein wenig Feuer

machen unter dem Hintern". Er schnappte sich seine Jacke und verliess unser Büro. „Wir sehen uns dann morgen wieder", rief er mir noch von der Türe her zu und verschwand.
Ich hatte gar nicht bemerkt, wie die Zeit zerronnen war. Der Zeiger ging schon Richtung fünf Uhr. Also fuhr ich meinen Computer herunter und machte mich auf den Heimweg.

*

Am nächsten Morgen waren Alain und ich fast gleichzeitig im Kripo Gebäude. Jedenfalls trafen wir uns beim Lift und fuhren zusammen hoch.
„Du wirst es nicht glauben", begann Alain das Gespräch, nachdem wir uns begrüsst hatten. „Im Hotel Airport ist am 15. Juni weder ein Rolf Brunner, noch eine Verena Küng abgestiegen!"
„Da schau her", antwortete ich ihm. Bist du nun immer noch von der Schuld von Bettina überzeugt?"
„Ja, eigentlich schon. Wie sollte Rolf Brunner an die Waffe von Bettina kommen? Kannst du mir das erklären?"
„Nein, das kann ich nicht. Aber wenn es so gewesen ist, werden wir das herausfinden. Das schwöre ich dir".

„So, dann knöpfen wir uns diesen Brunner halt nochmals vor. Gut, dass er noch nicht entlassen wurde. Ich lasse ihn gleich kommen", sagte Alain und in seinem Ton war eine gewisse Genugtuung gegenüber dem arrogant auftretenden Brunner nicht zu überhören, was ich ihm nicht verübeln konnte.

*

Der Gesichtsausdruck von Rolf Brunner hatte sich kein bisschen erhellt seit gestern. Im Gegenteil, er schien noch grimmiger in die Welt zu blicken als vorher. Alain führte ihn in unser Büro und Rolf Brunner begann gleich wieder auf derselben Schiene zu fahren wie er beim letzten Mal aufgehört hatte.
„Was will der hier" sagte er zu Alain als er mich erblickte. „Ich habe gesagt, dass ich nicht mit ihm rede und das gilt für immer".
Ich konnte ein Lächeln nicht verkneifen ob dieser Arroganz. Normalerweise bringt ein Aufenthalt in Polizeigewahrsam die Menschen zur Vernunft, vor allem wenn es sich nicht um Gewohnheitsverbrecher handelt. An diesem Brunner jedoch schien dieser Freiheitsentzug einfach abzuprallen.

„Könnte es vielleicht sein, dass es sich hier um meinen Arbeitsplatz handelt und ich deswegen hier bin?", fragte ich provokativ.
„Ich sage nichts, solange dieser Typ hier ist" wendete er sich an Alain.
„Das ist ihr gutes Recht", gab ich ihm zur Antwort, „aber dieser Typ" und dabei zeigte ich mit dem Finger auf mich selbst, „wird sich nicht mehr zurückziehen, denn gestern hat es auch nichts genutzt. Sie haben meinen Kollegen trotzdem angelogen. Ich bleibe deshalb hier, denn ob sie lügen oder gar nichts sagen, macht keinen grossen Unterschied".
„Ich habe nicht gelogen!", schrie er empört.
„Ich glaubte schon, sie würden nicht mehr mit mir reden und jetzt schreien sie sogar. Haben sie denn gar keine Linie?", sagte ich in möglichst ruhigem Ton.
Jetzt geriet er völlig aus dem Konzept und stand vom Stuhl auf.
„...Ich...das...was..." stammelte er und fand keine Worte. Ich merkte, er war kurz vor dem Aufgeben.
„Setzen sie sich wieder hin." bat ihn Alain in bestimmtem Ton, was er auch befolgte. Nun sass er da und niemand ergriff das Wort. Man sah, wie es in seinem Kopf arbeitete.

„Wollen sie einen Anwalt?", fragte ich um die Situation wieder zu beruhigen.
„Ich brauche keinen Anwalt, ich bin unschuldig", kam die prompte Antwort.
„Und warum haben sie meinen Kollegen denn angelogen?"
„Ich habe nicht gelogen. Wie oft soll ich das noch wiederholen?", schrie er.
„Dann lügen wohl die Hotelangestellten vom Hotel Airport. Die haben uns nämlich versichert, dass am besagten Tag, weder ein Rolf Brunner, noch eine Verena Küng bei ihnen abgestiegen ist. Können sie mir das vielleicht erklären?"
Wieder herrschte Funkstille. Es war aber unübersehbar, dass Brunner kurz davor stand, etwas zu sagen. Natürlich hoffte ich auf ein Geständnis.
„Glauben sie etwa, ich sei so blöd", fuhr er fort, „und würde meinen oder ihren richtigen Namen angeben? Ich habe ihnen ja die familiäre Situation von Verena erklärt."
„Dann sagen sie mir bitte unter welchem Namen sie sich eingeschrieben haben."
„Ich habe uns als Ehepaar ausgegeben unter dem Namen Rolf Meier."
„Nicht gerade sehr einfallsreich dieser Name. Finden sie nicht?"

„Weshalb sollte ich einen komplizierten Namen wählen? Es hat schliesslich funktioniert, oder?"

Alain verliess wortlos unser Büro. Ich wusste, dass er die soeben gemachte Aussage überprüfen würde. Es dauerte dann auch nicht lange und er kam zurück.

„So wie es scheint haben sie uns diesmal die Wahrheit gesagt. Somit haben sie, ein nahezu stichfestes Alibi für die Tatzeit. Warum haben sie uns das nicht gleich gesagt, sie hätten sich damit viel Ärger und uns viel Arbeit ersparen können."

„Verstehen sie denn meine Situation nicht? Erstens war es mir peinlich und ich wollte Verena da nicht mit hineinziehen. Sie hat so schon genügend Probleme."

„Die sie aber mit diesem heimlichen Verhältnis weder lösen, noch verbessern", konnte ich mir nicht verkneifen, anzufügen.

Nachdem wir Rolf Brunner entlassen hatten, standen wir wieder am Anfang.

„Siehst du, begann Alain das Gespräch. Auch dieser Verdacht hat sich in Luft aufgelöst. Jetzt sieh doch endlich ein, dass es nur eine Täterin geben kann und die heisst Bettina Probst, auch wenn es dir schwer fällt das zu glauben."

„Ja, es deutet tatsächlich alles darauf hin. Nur sind damit nicht alle Fragen beantwortet."
„Was willst du damit sagen?", fragte mich Alain und dabei schaute er mich so fragend an, dass ich glaubte, er würde an meiner Zurechnungsfähigkeit zweifeln.
„Was ist eigentlich dein Problem? Warum willst du nicht endlich akzeptieren, dass Bettina ihren Ex-Freund umgebracht hat?"
„Wie ich schon einmal erwähnt habe, ist Bettina nicht in der Lage den Mann in einen Kofferraum zu hieven und schliesslich wurde die Leiche wohl kaum mit einem Sackrolli zur Limmat gefahren oder?"
„Ja, natürlich", musste Alain eingestehen, „aber vielleicht finden wir die Lösung wenn wir den Tatort entdecken" fügte er noch bei.
„Na, dann fang mal an zu suchen" sagte ich scherzhaft.

*

Inzwischen hatten wir auch die Ergebnisse der Handy-Auswertungen.
Trotz intensivem Durchsuchen aller Verbindungslisten und Bewegungsprofilen, konnten wir nichts finden was uns auch nur annähernd weiter bringen konnte.

„Irgendetwas müssen wir übersehen haben" sagte ich zu Alain und ging in Gedanken noch einmal alle Fakten durch. Ich war nach wie vor davon überzeugt, dass unsere Hauptverdächtigte nicht als Täterin in Frage kommen konnte. Da diese Theorie aber bei niemandem auf offene Ohren stiess, redete ich auch nicht mehr darüber. Der Fall schien bei vielen Kollegen nicht mehr so heiss, da die Täterin ihrer Meinung nach gefasst war.

„Was ist eigentlich mit Bruno Krieg", wendete ich mich fragend an Alain, „dessen Alibi haben wir noch gar nicht überprüft."

„Natürlich nicht, weil es hieb- und stichfest ist. Oder kannst du dich nicht mehr erinnern, dass er uns nicht nur das Zugtikett sondern auch noch das Eintrittsbillet zum Fussballspiel Rumänien - Schweiz in Paris gezeigt hat?"

„Genau und das ist es was mich ein wenig stutzig macht. Wenn Du an seiner Stelle gewesen wärst, hättest du ein paar Tage später auch noch das Zugbillett und die Eintrittskarte bei dir?"

„Nicht zwingend, nein, aber vielleicht zufällig, wenn ich es in der Hosentasche gelassen hätte?"

„Das Alibi scheint mir einfach zu perfekt. Ohne vorher zu wissen, dass er zu uns kommen

muss oder dass er in Verdacht geraten könnte, trug er alle Alibi-Beweise auf sich. Für mich ist das nicht normal. Wenn er gesagt hätte, er habe zuhause noch die Unterlagen die er uns zeigen könne, dann hätte das für mich viel glaubhafter getönt. Oder nicht?"
„Ja vielleicht hast du ja recht. Trotzdem bin ich der Meinung, dass Bettina die Tat begangen hat." Jetzt nahm er seine Finger zu Hilfe, wie ein Kind das zählen lernt und streckte sie der Reihe nach auf.
„Sie hat erstens kein Alibi, zweitens hat sie uns angelogen, drittens stammt die Kugel aus ihrer Waffe und als Krönung hatte sie das stärkste Motiv. Diese Fakten schleckt keine Ziege weg", fügte er noch an.
Ich griff nach jedem Strohhalm und so suchte ich im Internet nach dem von Bruno Krieg beschriebenen Hotel. Das war nicht schwierig und ich fand es auf Anhieb. Ohne grosse Hoffnung auf Erfolg, rief ich trotzdem einen Kollegen der französischen Polizei in Paris an, welchen ich anlässlich einer Tagung im vergangenen Frühling im Interpol Hauptquartier in Lyon kennen gelernt hatte. Zum Glück hatten wir unsere Visitenkarten ausgetauscht und so war ich im Besitze seiner Telefonnummer welche ich nun einstellte.

Nach kurzem Klingeln wurde abgehoben und die mir bekannte Stimme meldete sich:
„Police judiciaire, Jean Jacques Bellier"
„Hallo Jean Jacques, Franz Buck de zurich à l'appareil. Kannst du dich an mich erinnern?"
„Aber sicher", antwortete er mit seinem französischen Akzent, „das ist aber eine Überraschung! Was verschafft mir die Ehre?"
„Ich brauche deine Hilfe. Kannst du für mich abklären, ob ein gewisser Bruno Krieg am 15./16. Juni im Hotel Baldi, am Boulevard Garibaldi 42 übernachtet hat?"
„Wie heisst der? Krieg, comme Guerre?"
„Genau, wie Guerre"
„Was habt ihr nur für seltsame Namen in der Schweiz? Ihr wurdet immer vom Krieg verschont, dafür braucht ihr ihn jetzt als Familiennamen? Na ja, ich werde mal sehen was ich tun kann".
Nach kurzem Small Talk versprach er mir, sich zu melden, sobald er mehr wisse. Daraufhin verabschiedeten wir uns und ich konnte nur noch auf seinen Anruf warten.

*

Jetzt hatte der Sommer die Schweiz so richtig im Griff. Seit mehreren Tagen herrschten sogenannte Tropennächte, in denen das

Quecksilber nicht mehr unter 25 Grad sank. Obwohl ich die ganze Nacht die Fenster offen gelassen hatte um wenigstens ein bisschen Durchzug zu erzeugen, erwachte ich bereits am Morgen schon total verschwitzt. Jetzt konnte nur noch eine kalte Dusche helfen. Herrlich, wie das kühle Nass über den Rücken und den gesamten Körper rann. Danach fühlte ich mich bedeutend wohler als noch im Bett. Jetzt noch ein feines Joghurt und einen starken Kaffee und der Tag konnte kommen, ich war bereit. Auf dem Weg zur Arbeit genoss ich die Morgenluft, welche auf dem Motorrad doch bedeutend kühler wirkte als zu Fuss.

Im Büro empfing mich der ganz gewöhnliche Alltag. Ich startete meinen Computer und während dieser sich bereit machte, betrat auch Alain unser gemeinsames Büro. Nach kurzer Begrüssung datierten wir uns beide auf indem wir die Journaleinträge der vergangenen Nacht durchstöberten.

Nebst ein paar Schlägereien in Lokalen und einer Messerstecherei auf dem Hirschenplatz bei dem es aber nur einen Leichtverletzten gab, hatte sich in unserer Sparte nichts Erwähnenswertes ereignet. Das ist nicht selbstverständlich, denn gerade die warmen Sommernächte animieren gewisse Leute die

Grenze des erträglichen Alkoholkonsums zu überschreiten und was daraus erfolgt, das brauche ich ihnen wohl nicht zu schildern.
Um 07:30 Uhr erfolgte der tägliche gemeinsame Morgenrapport aber auch dieser verlief, wie nicht anders zu erwarten, ohne grosse Neuigkeiten. Nach dem Rapport begaben wir uns, wie jeden Tag, in die Betriebskantine zum Kaffee und um ca. 08:00 Uhr waren alle wieder in ihren Büros, wo dann bis Mittag durchgearbeitet wurde.
Schon beim Betreten unseres Büros sah ich die rote Warnlampe am Telefon aufleuchten. Auf dem Display leuchtete eine Telefonnummer mit den Anfangszahlen 0033 auf.
„Das kann doch nicht wahr sein" sagte ich mehr zu mir als zu Alain. „Die Franzosen beginnen doch nicht schon so früh mit ihrer Arbeit. Ich wusste, hinter dieser Nummer steckte mein Kollege aus Paris und so rief ich ihn sofort zurück.
Wie schon gestern, meldete er sich mit „Police judiciaire, Jean Jacques Bellier."
„Hallo Jean Jacques, c'est Franz de zurich. Ich habe gesehen, du hast mich heute früh schon angerufen. Ich dachte ihr beginnt nicht vor neun Uhr zu arbeiten. Irre ich mich da?"

„Du irrst dich. Der normale Arbeitsbeginn ist 08:30 Uhr, aber wir sind sehr oft schon früher im Büro. Ich dachte, deine gestrige Anfrage sei dringend, deshalb habe ich dich schon so früh angerufen. Entschuldige, wenn ich dich geweckt habe", fügte er schelmisch zu.

„Das ist sehr nett von dir. Und? Hast du etwas herausgefunden?"

„Das fragst du nicht im Ernst oder? Ja natürlich habe ich was herausgefunden. Wer bin ich denn? Ich müsste mich ja schämen wenn ich diese leichte Aufgabe nicht hätte lösen können." Sagte er in scherzhaft beleidigtem Ton.

„Ich habe nichts anderes von dir erwartet. Und, was gibt es Neues?"

„Also, hör zu. Dieser Bruno Krieg ist tatsächlich im Hotel Baldi abgestiegen."

„Das habe ich mir schon gedacht", unterbrach ich ihn leicht enttäuscht.

„Lass mich mal ausreden. Aber, und jetzt kommt es. Das war im Sommer 2015, und zwar vom 20. – 24. August. In diesem Jahr war er noch nie hier. Da hat dir wohl einer einen Bären aufgebunden. Stimmts?"

„Jean Jacques, du bist einsame Spitze. Wenn du hier wärest, müsste ich dich umarmen!"

„Mach das lieber mit deiner Freundin, da hast du mehr davon."
„Vielen, vielen Dank Jean Jacques. Du hast mir sehr geholfen. Ich bin dir etwas schuldig. Komm doch mal mit deiner Frau nach Zürich, Du bist herzlich eingeladen."
„Dann pass mal auf, es könnte sein, dass ich dich beim Wort nehme"
„Da brauche ich nicht aufzupassen. Es würde mich sogar freuen." Mit diesen Worten verabschiedeten wir uns.
„Na, wer sagt's denn?" murmelte ich gedankenverloren vor mich hin.
„Und, was gibt's? jetzt rede schon und spanne mich nicht auf die Folter. Hat dein Kollege etwas herausgefunden?", wollte Alain wissen.
„Ja, das hat er. Bruno Krieg ist tatsächlich im Hotel Baldi abgestiegen."
Ich wollte die Katze nicht gleich aus dem Sack lassen. Es machte mir Spass, Alain noch ein wenig zappeln zu lassen.
„Na siehst du", fügte er irgendwie siegesbewusst an.
„Ich muss dringend Bruno Krieg einvernehmen", fügte ich noch an.
„Hä? Was soll das? Willst du mich verarschen", fragte mich mein Kollege und dabei schaute er mich verdutzt an.

„Überhaupt nicht. Ich will ihn einvernehmen und er soll mir sagen, wo er am 15. Juni war."
„Sag mal, bist du krank? Hast du nicht soeben gesagt, Bruno Krieg sei am 15. Juni im Hotel Baldi in Paris abgestiegen?"
„Nein, das habe ich nicht gesagt. Ich habe nur gesagt, dass er dort übernachtet hat, aber ich habe kein Datum genannt".
„Heisst das dass..."
„Richtig geraten. Bruno hat ein Jahr vorher, nämlich im August 2015, Paris besucht und damals hat er in diesem Hotel genächtigt. Das ist auch der Grund weshalb er es kannte. Verstehst du mich jetzt?"
„Das ist ja ein Ding! Bingo! Dein Bauchgefühl scheint also doch noch zu funktionieren. Gratuliere!"
„Noch ist nichts bewiesen", dämpfte ich die Stimmung, auch wenn ich innerlich sehr aufgeregt war, was eigentlich in meinem Berufsleben eher selten vorkam. Jedenfalls versuchte ich, es mir nicht anmerken zu lassen.
Ich rief Bruno Krieg auf dem internen Telefon an. Sein Büropartner, Armon Camenisch, ein waschechter Bündner, meldete sich.
„Tut mir leid, Bruno ist noch bis am Montag, 11. Juli in den Ferien." Erhielt ich die

unerfreuliche Nachricht. „Kann ich dir vielleicht helfen?"
„Nein, danke. Weisst du zufällig wohin er in die Ferien gefahren ist? Oder macht er vielleicht „UHU" Ferien?" *(„um's Huus ume")*
„Wenn ich richtig informiert bin, verbringt er die Ferien in Kroatien. Das hat er mir jedenfalls gesagt. Ich nehme an, dass dies auch so ist. Wie lange er genau dort bleibt, weiss ich natürlich nicht."
„Vielen Dank, dann werde ich mal schauen was ich machen kann. Tschüss". Dann legte ich das Telefon auf.
Nachdem wie erwartet, niemand das Haustelefon von Bruno Krieg entgegen nahm, rief ich die Einsatzzentrale an, mit der Bitte, eine Streifenpatrouille an seinem Wohnort vorbei zu schicken. Ich sagte natürlich nicht um was es geht, aber die Streifenkollegen sollten mal in der Nachbarschaft abklären, wie lange Bruno Krieg in den Ferien weilt.
Danach rief ich den Staatsanwalt Hermann Rupp an und gab ihm den neuesten Ermittlungsstand bekannt.
„Wenn er noch länger in den Ferien ist, dann müssen wir Bettina aus der U-Haft entlassen", gab ich den Anstoss.

„Sicher nicht!" gab er sofort zurück. „Die Fakten sprechen eindeutig gegen Frau Probst, auch wenn Bruno Krieg uns möglicherweise nicht die ganze Wahrheit gesagt hat. Die Belastungen gegen Frau Probst wiegen weit schwerer als gegen Herrn Krieg" antwortete er mit bestimmtem Ton in seiner Stimme. „Vielleicht hat er ja bloss das Hotelbulletin nicht ausgefüllt, oder es wurde ihm keines vorgelegt. Wer weiss. Das wird sich klären, sobald er aus den Ferien zurück ist." Damit war das Gespräch beendet und ich musste mich wohl geschlagen geben.

Kaum hatte ich aufgelegt, da läutete das Telefon bereits wieder.

„Mordkommission, Franz Buck", meldete ich mich ordnungsgemäss.

„Boog, Einsatzzentrale. Wir haben eine Streifenwagenbesatzung an die Adresse von Bruno Krieg geschickt. Gemäss derer Abklärungen ist Bruno seit vergangenem Samstag wieder zuhause. Zurzeit ist er aber nicht in der Wohnung."

„Ich danke dir, das hilft mir bedeutend weiter. Vielen Dank und Tschüss."

Die Geschichte liess mir keine Ruhe und ich versuchte alle Viertelstunden ihn anzurufen. Selbst nach dem Feierabend rief ich ihn noch von zuhause aus an. Es war bereits 20:15 Uhr, als ich ihn endlich erreichte.

„Hallo Bruno, Franz am Apparat" gab ich mich zu erkennen.

„Hallo Franz, was willst denn du von mir? Ich bin mitten in meinen Ferien. Ruf doch bitte einen meiner Kollegen an, wenn du etwas brauchst."

Für das was ich brauche, kann mir kein Kollege helfen dazu brauche ich dich persönlich. Komm doch bitte morgen früh um ca. 08:00 Uhr in meinem Büro vorbei."

„Sag mal, spinnst du?" fragte er leicht erzürnt.

„Hast du mich nicht richtig verstanden? Ich habe noch bis am nächsten Montag Ferien und diese möchte ich wirklich nicht im Kripo-Gebäude verbringen. Da kenne ich schönere Orte. Verstehst du das?"

„Das verstehe ich voll und ganz. Trotzdem bitte ich dich, morgen bei mir vorbei zu kommen."

„Das kommt überhaupt nicht in Frage", antwortete er ganz empört. „Wenn ich Ferien habe, dann ist die Polizeiarbeit weit von mir entfernt und so soll es auch bleiben. Ich denke nicht dran, bei dir vorbei zu kommen. Nächste Woche kannst du mich ja noch einmal fragen. Jetzt schlaf gut."

Ich merkte, dass er auflegen wollte, deshalb antwortete ich sehr schnell.
„Nicht auflegen, ich muss dir noch etwas sagen. Wenn du nicht kommst, könnte es sein, dass du abgeholt wirst und das willst du doch sicher nicht oder?"
„Sag mal, was soll das? Willst du mich auf den Arm nehmen? Du kannst mich mal dort wo der Rücken den anständigen Namen verliert. Ich komme nicht!" Darauf hörte ich nur noch den Summton im Telefon. Er hatte aufgelegt.
Na dann, dachte ich mir, warten wir mal den morgigen Tag ab. Um diese Zeit konnte ich weder den Staatsanwalt noch irgendjemand anderen erreichen.

*

Am nächsten Morgen erwachte ich schon eine Viertelstunde bevor der Wecker sich meldete. Da ich meine morgendliche Zeremonie mit Dusche und Frühstück wie immer vollzog, war ich auch eine Viertelstunde früher im Geschäft als sonst. Der Chef war bereits anwesend, ansonsten waren die Büros noch unbelebt. Ich begab mich deshalb auf direktem Weg in sein Büro und klärte ihn über das gestern Abend erlebte auf.
„So ein Sturkopf!" kam seine sofortige Antwort.

„Was sollen wir tun? Hast du einen Vorschlag?" wollte er wissen.
"Ich denke, wir warten ab bis ca. 08:30 Uhr und wenn er nicht kommt, informiere ich den Staatsanwalt. Danach sehen wir weiter. vielleicht stellt er ja einen Vorführbefehl aus. Allerdings glaube ich nicht wirklich daran, weil er von der Schuld von Bettina fest überzeugt ist. Sagen muss ich es ihm ja trotzdem und wenn alles nichts nützt, dann warten wir eben bis kommenden Montag, dann ist Bruno Krieg wieder hier."
Mit dieser Vorgehensweise konnte sich mein Chef einverstanden erklären und so ging ich in mein Büro zurück, wo inzwischen auch Alain eingetroffen war.
Es war gerade 08:15 Uhr, als jemand an unsere Bürotür klopfte. Die Tür öffnete sich und Bruno betrat unser Büro.
„Aha, schön, dass du dich anders entschieden hast und meiner Bitte gefolgt bist. So bleiben dir einige Unannehmlichkeiten erspart."
„Was heisst hier Unannehmlichkeiten? So rede schon. Bin ich etwa verdächtigt? Was soll der ganze Unfug?", äusserte er sich leicht aufgebracht.
„Bruno, du weisst, dass ich alle Aussagen protokollieren muss. Wir müssen dich leider

einvernehmen und können dich nicht einfach mündlich befragen. Alain wird als Sekretär walten und das Gesagte aufschreiben. Einverstanden?"

„Halt, halt! Mal langsam. Ich lasse mich nicht einfach so einvernehmen."

„Wovor hast du Angst?"

„Von Angst kann keine Rede sein, aber ich lasse mich nicht behandeln wie ein Verbrecher. Das ist alles."

„Gut, dann wollen wir mal anfangen", sagte ich, als hätte ich seinen Einwand nicht gehört.

„Wie schon bei Bettina, werde ich dich mit Sie ansprechen", begann ich die Befragung.

„Also, sie haben gesagt, sie seien am 15. Juni in Paris an der Fussball-Europameisterschaft gewesen. Ist das richtig?"

„Was soll der Quatsch? Ich habe dir ja meine Fahrkarte und die Eintrittskarte gezeigt. Das reicht ja wohl oder?", blieb er beim Du.

„Und wie hiess doch noch mal das Hotel in dem sie abgestiegen sind?"

„Belde oder Baldi oder so ähnlich. Ich weiss es nicht mehr genau. Ich kann dir aber genau sagen wo es sich befindet. Das habe ich dir ja schon alles gesagt." Langsam wurde er ungeduldig.

„Dann haben sie ja sicher noch den Kassenbeleg vom Hotel oder?"
„Nein, ich habe keinen Beleg, wenn du das wissen willst. Ich habe bar bezahlt und brauchte dafür keinen Beleg. Dafür habe ich das Zimmer 20 Euro günstiger bekommen als wenn ich einen Beleg verlangt hätte. Es ist mir ja schliesslich scheissegal ob der andere meine Einnahmen versteuert oder nicht".
„Mussten sie sich dort einschreiben oder nicht?"
„Der Mann an der Rezeption kannte mich noch, da ich schon ein Jahr vorher Paris besucht habe und dort gewohnt hatte. Deshalb musste ich auch kein Hotelbulletin ausfüllen, zumal er meinen Besuch offensichtlich schwarz abwickeln wollte."
„Moment mal, ich muss kurz telefonieren", sagte ich, nahm die Visitenkarte von Jean Jacques Bellier zu mir und verliess unser Büro.
„Was soll eigentlich dieser ganze Unfug?" ergriff Bruno Krieg die Gelegenheit meiner momentanen Abwesenheit, in der Hoffnung von Alain mehr zu erfahren als von mir. Doch Alain schwieg eisern. Als Bruno Krieg feststellen musste, dass seine Fragen unbeantwortet blieben, schwieg er ebenfalls. Ich

meinerseits begab mich ins Nachbarbüro und rief meinen französischen Kollegen an. Ich wollte von ihm wissen, wie sicher seine Auskunft war.

„Wenn ich dir sage, dass er nicht dort übernachtet hat, dann ist das auch so", antwortete er beinahe beleidigt auf meine Frage. „Damals fand in Frankreich die Fussball-Europameisterschaft statt und die Zimmer rund um den Parc des Princes und in der Innenstadt waren belegt. Auch im Hotel Baldi waren sämtliche Zimmer besetzt aber keines durch einen Bruno Krieg. Es waren alle neun Doppelzimmer und drei Einzelzimmer vermietet, doch den Namen Krieg konnte ich nirgends finden. Es war übrigens auch kein anderer Schweizer im Hotel. In der elektronischen Hotelkontrolle der ganzen Stadt, konnte ich keinen Bruno Krieg finden, ausser, wie ich schon gesagt habe, vor einem Jahr im Hotel Baldi. "

Ich erklärte ihm noch kurz den Grund meines erneuten Anrufes und bedankte mich für seine Auskunft.

Zurück im Büro redete ich zuerst ohne etwas aufzuschreiben.

„Also Bruno, ausserhalb des Protokolls frage ich dich jetzt noch einmal: Wo warst du in der Nacht vom 15. auf den 16. Juni?"
Darauf schaute er mich ungläubig an, überlegte kurz und schliesslich sagte er erzürnt:
„So, jetzt ist es genug. Diesen Scheiss mache ich nicht mehr länger mit. Ich gehe jetzt nach Hause!", dabei stand er protestierend auf.
„Wie du willst", sagte ich. Dann kommst du halt das nächste Mal in Handschellen im Kastenwagen. Ich weiss nicht, ob dir das lieber ist."
„Jetzt werde endlich normal, verdammt noch mal". Schrie er mich an. Kann ich vielleicht hier in Zürich jemanden erschiessen wenn ich in Paris bin? Wie blöd seid ihr eigentlich? Meines Erachtens gibt es noch keine Polizeipistolen mit einem so weiten Wirkungsbereich."
„Setz dich wieder hin!" befahl ich in strengem Ton. „Hast du eben Polizeipistole gesagt?" gab ich mich erstaunt.
„Ja sicher. Bettina ist schliesslich Polizistin da wird sie ja wohl die eigene Waffe benutzt haben oder?"

„Schätzest du Bettina so dumm ein? Wer sagt denn dass Bettina als Täterin in Frage kommt?"
„Das ist ja klar. Meines Wissens sitzt sie noch immer in Untersuchungshaft, das sagt doch wohl genug oder?"
„Wie du weisst, wurde schon mancher Verdächtige in U-Haft gesetzt und musste später wieder entlassen werden, weil ein anderer als Täter ermittelt wurde."
„Aha, und das soll jetzt ich sein oder was?"
„Du sagst es".
„Ihr spinnt doch alle im höchsten Grad. Bin ich vielleicht Copperfield und kann zaubern?"
Daraufhin blieben wir alle stumm. Bruno Krieg schaute auf den Boden neben sich und Alain und ich blickten ihn an, ohne die Augen auch nur einen Moment von ihm zu lassen.
„Was ist", fragte ich schliesslich. „Soll ich mit der offiziellen Befragung weiter machen?"
„Nein, ich sage nichts mehr. Ich will einen Anwalt."
„Den sollst du bekommen. Hast du selber einen oder soll ich einen Pflichtverteidiger via Verband bestellen?"
„Ich habe keinen. Bestell mir einen beim Verband."

„Mache ich sofort. Ich muss dich leider ins Abstandszimmer bringen, bis ich mich mit dem Staatsanwalt abgesprochen habe und dir einen Anwalt bestellt habe".

„Das wirst du mir noch büssen" drohte er mir, als Alain mit ihm zusammen das Büro verliess.

Als erstes rief ich den Staatsanwalt an.

„Und wie bitte, sollte Herr Krieg an die Pistole von Bettina kommen, wenn ich fragen darf?", gab er mir zur Antwort, nachdem ich ihm die Sachlage erklärt hatte.

„Keine Ahnung, aber auch das werden wir noch herausfinden. Tatsache ist, dass er trotz Fahrkarte und Eintrittsbillett nicht in Paris war."

„Jetzt hören sie auf zu träumen. Ich weiss, dass sie Bettina gerne als Unschuldige sehen würden, aber die Tatsachen sprechen nun einmal eine andere Sprache. Nein, ich werde ihnen keinen Vorführbefehl für Bruno Krieg ausstellen. Nicht mit diesen vorliegenden Fakten."

„Na dann werde ich einen anderen Weg finden müssen um den Fall abzuschliessen", sagte ich in sehr unzufriedenem Ton und verabschiedete mich möglichst trocken vom Staatsanwalt.

Danach rief ich erneut den Polizeibeamten Verband an und liess mir einige Namen von

Strafverteidigern geben. Ich hatte Glück und schon der erste den ich anrief war gewillt, den Fall zu übernehmen.
Jetzt ging ich zum Abstandszimmer und schloss die Tür auf.
„OK, Bruno, du kannst nach Hause gehen. Morgen um 09:00 Uhr wird dein Anwalt, Fridolin Stierli hier zu uns kommen".
Mit einem sehr bösen Blick schaute er mich an und ging stillschweigend an mir vorbei. Wenn Blicke töten könnten, läge ich schon lange auf dem Friedhof dachte ich mir.
„Also dann, bis morgen um 09:00 Uhr, rief ich ihm noch hinterher und liess ihn gehen".

*

„Was soll ich nur machen?", sagte ich zu Alain als wir wieder an unserem Arbeitsplatz waren.
„Willst du eine ehrliche Antwort?", fragte mich mein Kollege.
„Ja sicher, immer."
„Dann akzeptiere doch einfach, dass Bettina diesen Wilchinger umgebracht hat. Damit wären alle deine Probleme gelöst".
„Das glaubst du. Ich kann dir sagen, ich hätte keine ruhige Minute mehr wenn ich wüsste, dass Bettina unschuldig im Gefängnis sitzt und der Täter frei herum läuft. Nein, so schnell

gibt ein Buck nicht auf. Das kannst du mir glauben."

Nach diesen Worten überlegte ich, wie ich trotz des Gegenwindes seitens der Staatsanwaltschaft weiter machen konnte, ohne die legalen Grenzen zu überschreiten.

„Das Problem ist nur", fügte ich noch an, „dass ich den Computer von Bruno nicht beschlagnahmen kann ohne Hausdurchsuchungsbefehl. Ich bin mir sicher, dass wir darauf nur die Buchung für den Eintritt ins Stadion und die Fahrkarte nach Paris finden würden. Nicht aber die Zimmerreservation im Hotel Baldi. Wetten?"

„Möglich. Aber als Beweis würde das auch nicht ausreichen."

„Das ist mir schon klar, aber es wäre ein zusätzliches Indiz.

Inzwischen war es schon kurz vor Mittag und so rief ich noch den Gefangenendienst an. Ich wollte unbedingt noch einmal mit Bettina reden, bevor ich die nächste Einvernahme mit Bruno Krieg machte. Eigentlich müsste ich dabei ja ihren Anwalt miteinbeziehen, doch wollte ich alles so unbürokratisch wie möglich abhandeln. Zudem lief mir die Zeit davon. Mir war nämlich eine Idee gekommen, wie Bruno Krieg möglicherweise an die Waffe von Bettina hätte kommen können. Noch im Verlaufe des Nachmittags wurde Bettina gebracht und ich konnte sie mündlich befragen.

*

Am folgenden Morgen traf der aufgebotene Rechtsvertreter von Bruno Krieg bereits eine Viertelstunde vor 09:00 Uhr bei uns ein. Bruno war noch nicht anwesend und so boten wir dem Anwalt einen Kaffee an um die verbleibende Zeit zu überbrücken.
Endlich, kurz vor 09:15 Uhr, als Fridolin Stierli bereits gehen wollte, erschien Bruno Krieg in unserem Büro. Ich führte die beiden in ein Abstandszimmer und bat sie, sich mit der Glocke bemerkbar zu machen, wenn sie bereit seien zur Einvernahme.
Diesmal dauerte es eine gute halbe Stunde, bis die Glocke schrillte. Alain führte die beiden in unser Büro und ich begann ganz förmlich mit der Einvernahme.
Nach den obligatorischen, juristischen Eingangsphrasen kam ich zu den mich interessierenden Fragen.
„Herr Krieg, ich frage sie noch einmal, wo waren sie in der Nacht vom 15. auf den 16. Juni?"

„Soll ich überhaupt noch Antwort geben?", fragte er und dabei schaute er seinen Anwalt an. Dieser gab mit einem kurzen Nicken sein Einverständnis.

„Ich sage es jetzt zum allerletzten Mal. Ich war in Paris."

„Sie sagen das also zum letzten Mal. Heisst das, dass sie ab jetzt die Wahrheit sagen?"

Wieder schaute Bruno Krieg seinen Anwalt an und dabei atmete er tief ein und aus, als wäre er am Verzweifeln.

„Ausser dieser Atemübung fällt ihnen nichts ein?",

Mein Gegenüber blieb stumm wie ein Grab.

„OK, dann fangen wir anders an. Wann haben sie das letzte Mal ihre Pistole benutzt?"

„Das war kurz vor meinen Ferien, am Donnerstag glaube ich. Ich hatte das obligatorische Schiesstraining zu absolvieren."

„Wer war alles zu diesem Training aufgeboten?"

„Das weiss ich doch nicht mehr. Glaubst du ich schreibe das auf, oder was?"

„Ich kann das ja überprüfen, das ist kein Problem."

„Für was willst du das überprüfen? Was hat das mit diesem Fall zu tun?"

„Vielleicht viel, vielleicht nichts, das wird sich zeigen. Aber möglicherweise erinnern sie sich daran, auf welcher Position sie geschossen haben?"
„Phuh" stöhnte er. „Ich glaube ich war auf der Linie ganz links aussen, wenn ich mich richtig erinnere. Dort bin ich nämlich am liebsten, weil einem dann nicht die heissen Hülsen vom Nachbarn um die Ohren fliegen".
„Und wer stand unmittelbar neben ihnen? Wissen sie das noch?"
„Nein, das weiss ich nicht mehr. Ich weiss, dass noch dieser Wicki vom Unfalltechnischen Dienst dabei war. Seinen Vornamen kenne ich nicht. Aber jetzt mal ernsthaft; was soll diese blödsinnige Fragerei?"
Ich überhörte diesen Satz und fuhr einfach weiter.
„Ich bin sicher, wenn sie genau überlegen, dann kommt ihnen noch jemand in den Sinn der ebenfalls dabei war. Richtig?"
„Nein, verflucht nochmal. Wie oft soll ich das noch betonen?"
„Dann helfe ich ihrem Gedächtnis etwas nach. Kann es sein, dass Bettina Probst auch im Schiesstraining war?"
„Ja, jetzt wo du das sagst, kommt es mir wieder in den Sinn. Wenn ich mich recht

besinne, war sie auch dabei. Aber wenn schon, deshalb kann ich trotzdem diesen Wilchinger von Paris aus nicht erschiessen oder wie soll das gehen?"

„Ist es nicht so, dass Bettina eine der besten Freundinnen von ihnen ist oder war?"

„Na und, was hat das damit zu tun?"

„Obwohl ihr so gut befreundet seid, kam ihnen nicht mehr in den Sinn, dass sie auch dabei war im Schiesstraining? Tönt schon bisschen seltsam. Finden sie nicht?"

„Überhaupt nicht. Ich merke mir nicht wer noch auf demselben Aufgebot steht wie ich."

Jetzt mischte sich auch der Anwalt ein:

„Entschuldigen Sie Herr Buck, aber ich glaube wirklich, dass diese Fragen vom Thema abweichen. Könnten sie bitte wieder auf das Kernthema zu sprechen kommen?"

„Nichts lieber als das", antwortete ich ihm. „Bettina war nämlich genau rechts von ihnen während des ganzen Trainings."

„Ja und? Kann schon sein, ich weiss es nicht mehr."

„Dann frage ich sie ganz direkt: Wann haben sie ihre beiden Pistolen ausgetauscht? Bereits am Anfang des Schiesstrainings oder erst am Schluss?"

„Halt, halt!" fuhr der Anwalt dazwischen. „Das ist eine Suggestivfrage und das ist nicht erlaubt, das wissen sie genau".

„Gut, dann nehme ich die Frage zurück. Tatsache ist, dass sie die Waffen ausgetauscht haben an diesem Tag."

„Das ist doch Blödsinn! Ich sage jetzt nichts mehr. Fertig, Basta"

„Herr Buck", meldete sich der Anwalt erneut. „Darf ich fragen, gibt es irgendwelche Beweise für diese Behauptung?"

„Da ihr Mandant nicht mehr gewillt ist weiter zu sprechen, möchte auch ich mich vorläufig nicht näher dazu äussern. Ich schlage vor, wir brechen die Befragung hiermit ab. Einverstanden?"

„Wie sie meinen, darf ich mich noch einmal kurz mit meinem Mandanten unterhalten?", fragte er noch.

„Er darf nach Hause gehen. Einem Gespräch zwischen euch steht somit nichts im Wege. Zuerst möchte ich aber noch einen Termin festlegen für die nächste Befragung. Wann würde es ihnen passen?"

Der Anwalt nahm sein Smartphone zur Hand und schaute sich den Terminkalender an.

„Wie wäre es schon morgen Nachmittag? Ich könnte um ca. 13:30 Uhr hier sein."

„Perfekt, dann treffen wir uns morgen.", und zu Bruno Krieg sagte ich, „überlege es dir gut, was du das nächste Mal sagen wirst. Ich weiss mehr als du glaubst.", bluffte ich. „Du kannst jetzt nach Hause gehen. Wir sehen uns dann morgen." Leider hatte ich ja keinen Haftbefehl für ihn und konnte ihn nicht einsperren, was ich nur allzu gerne gemacht hätte.

„Langsam glaube ich doch, dass du recht hast mit deiner Vermutung", meldete sich Alain, als wir wieder alleine im Büro waren.

„Das denke ich auch, aber leider fehlt uns noch das Geständnis und Beweise habe ich absolut keine. Es wird nicht einfach morgen, auch wenn ich mich ihm gegenüber siegessicher gegeben habe."

*

Am nächsten Tag, es war kurz nach 10:00 Uhr, als mich der Portier anrief und mir mitteilte, dass mich eine Frau Krieg sprechen wolle.

„Ich komme sofort", antwortete ich ihm und eilte ins Parterre.

Was wird denn das? Dachte ich als ich alleine im Lift stand und hinunter fuhr. Ich konnte mir überhaupt nicht vorstellen, was diese Frau wollte. Ich war mit meinen Gedanken noch nicht am Ende, als der Lift anhielt und ich die Frau begrüssen konnte.

„Guten Tag Frau Krieg, mein Name ist Buck. Kommen sie, wir gehen in mein Büro."

Beim Hochfahren wirkte sie sehr nervös und unsicher.

„Weiss ihr Mann, dass sie hier sind?" begann ich deshalb das Gespräch um sie ein wenig zu beruhigen.

Sie schüttelte nur den Kopf, ohne etwas zu sagen.

Ich stellte ihr meinen Kollegen vor als wir in unserem Büro ankamen und bat sie Platz zu nehmen.

Sie sass auf dem Stuhl und man sah ihr die Angst an. Ich versuchte, sie zu beruhigen und begann das Gespräch.

„Frau Krieg, was immer sie uns zu sagen haben, ich denke dass es die richtige Entscheidung war, hierher zu kommen. Was führt sie zu uns?"

„Mein Mann...." Begann sie und schien nach Worten zu suchen. „er hat vergangene Nacht kaum geschlafen. Immer wieder ist er aufgestanden, in der Wohnung herumgetigert und wenn er wieder ins Bett kam dann drehte er sich von links nach rechts und wieder zurück, um danach erneut aufzustehen."

„Und das beunruhigt sie. Sie glauben, dass er ein Geheimnis in sich trägt, das ihn nicht schlafen lässt. Richtig?"
„Nein, …ja vielleicht. Das ist aber nicht der Hauptgrund weshalb ich zu ihnen komme."
„Was dann?" fragte ich neugierig. Hat er ihnen etwas gesagt oder gar eine Straftat gestanden?"
„Nein, das nicht. Aber heute Morgen gegen 08:00 Uhr hat er plötzlich seine Sporttasche gepackt. Ich habe ihn gefragt was das solle, was er beabsichtige, doch er hat mir nicht richtig geantwortet. Er hat nur gesagt, er wisse schon was er tue und er könne jetzt nicht reden. Ich werde von ihm hören. Am Schluss hat er noch seine Pistole in die Tasche gepackt und ist mit dem Auto weg gefahren. Ich habe mehrmals versucht ihn anzurufen, aber sein Telefon ist ausgeschaltet. Ich habe Angst, dass er sich etwas antun könnte." Bei diesen Worten stiegen ihr Tränen in die Augen.
„Haben sie eine Ahnung oder eine Vermutung wohin er gegangen sein könnte? Hat er einen Lieblingsort, ein Ferienhaus oder haben sie sonst eine Idee wo er sich am wohlsten fühlt?"
„Nein, ich habe keine Ahnung."
„Mit was für einem Auto ist er denn unterwegs?"
„Natürlich mit seinem eigenen.", erwiderte sie.

„Ja, schon. Aber was ist es für eine Marke, Farbe und kennen sie vielleicht zufällig das Kennzeichen?"
Es ist ein Saab 9.3 silberfarben und das Kennzeichen fängt mit 397 an genau weiss ich es leider nicht.
„Kein Problem, das finden wir heraus. Die Nummer lautet ja wohl auf ihn oder?"
„Ja, natürlich"
„Moment mal Frau Krieg", sagte ich und erhob mich. „Ich komme sofort zurück. Alain, kannst du mal schnell kommen?", bat ich meinen Kollegen und wir verliessen kurz das Büro.
„Bitte veranlasse doch sofort eine Fahndung in der ganzen Schweiz nach Bruno Krieg und seinem Auto. Ebenfalls müssen wir alle Grenzstellen benachrichtigen und sie auch auf die Gefahr der Bewaffnung hinweisen."
„Ja, das mache ich sofort.", antwortete er und ich wusste, als ich ins Büro zurückkehrte, dass diese Fahndung bei Alain in den richtigen Händen lag.
„So, da bin ich wieder. Frau Krieg, es war absolut richtig, dass sie sich an uns gewandt haben. Wir hoffen natürlich, ihren Mann so schnell wie möglich zu finden. Sobald ich mehr weiss, werde ich mich bei ihnen melden."
Daraufhin überreichte ich Frau Krieg meine

Visitenkarte mit der Bitte, mich sofort zu verständigen, falls sie etwas von ihrem Mann hören sollte. Danach begleitete ich sie zum Ausgang.

*

„Was machst du am Wochenende?" fragte Erich Florin von der Bündner Polizei seinen Streifenpartner, als sie die Malojastrasse hinunter in Richtung Chiavenna fuhren.
„Bei diesem Traumwetter das angesagt wurde, werde ich eine tolle Bike Tour in die Berge unternehmen", antwortete dieser.
„Ich nehme es gemütlicher und fahre mit dem Motorrad für zwei Tage in die Dolomiten, danach..."
„Stopp, stopp!" unterbrach ihn sein Kollege als sie ins das kleine Dorf Stampa einfuhren. „Stand da bei dieser Shell Tankstelle nicht gerade ein solcher silberfarbener Saab der kurz vorher am Funk gesucht wurde?"
Die beiden wendeten den Streifenwagen und fuhren zur besagten Tankstelle zurück. Dabei handelte es sich um eine Selbstbedienungstankstelle die selten besetzt war. Tatsächlich stand da ein Zürcher Saab und ein Mann war am Tanken.

„Hallo, geht's ein bisschen in den Süden"? fing Florin ein unverfängliches Gespräch mit dem Mann an.
„Ja, ich möchte am Comersee ein wenig ausspannen.", antwortete dieser ebenso belanglos.
„Darf ich vielleicht mal ihren Ausweis sehen?"
„Was soll das? Ich bin auch bei der Polizei.
„Trotzdem, bitte ich sie um den Ausweis.", doppelte er nach.
„Wenn's denn sein muss?"
Dabei griff der Mann in die Innentasche seines Vestons und anstelle eines Ausweises, zog er blitzschnell eine Pistole heraus und bedrohte die beiden Beamten damit.
„Auf den Boden!" schrie er sie an.
Die zwei waren völlig perplex und es blieb ihnen nichts anderes übrig, als zu gehorchen.
„Auf den Bauch! Los, los!"
Widerwillig gehorchten sie dem Befehl. Die dortige Strasse war nicht sehr stark befahren und dazu kam, dass der Streifenwagen den vorbeifahrenden die Sicht versperrte, sodass die beiden nicht damit rechnen konnten, von einem Passanten gesehen zu werden.
Der Mann bückte sich zu den beiden und fesselte ihnen die Hände mit ihren eigenen Handschellen. Danach entriss er ihnen die

Waffen und nachdem er ihnen auch noch die Handys und die Handfunkgeräte abgenommen hatte, durchsuchte er deren Taschen und entnahm die Autoschlüssel des Streifenwagens. Alles zusammen warf er unmittelbar neben der Tankstelle in den bewaldeten Abhang. Danach stieg er in seinen Wagen und fuhr weg.

Was der Mann glücklicherweise nicht bemerkt hatte war, dass zu diesem Zeitpunkt ausnahmsweise jemand im Tankstellenhäuschen war. Die Pächterin konnte den ganzen Vorfall beobachten und rief sofort die Notrufnummer 117 an, nachdem der Unbekannte weggefahren war.

Danach eilte sie zu den beiden Polizisten, die sich in der Zwischenzeit vom Boden erhoben hatten. Glücklicherweise hatte der Mann ihnen nicht auch noch die Handschellenschlüssel abgenommen und so konnte die Frau die beiden von ihren Fesseln befreien.

Die Grenzpolizei in Castasegna reagierte sehr schnell als sie die Mitteilung bekam. Sofort wurden alle im Dienst stehenden Beamten organisiert und mit Maschinenpistolen ausgerüstet. Als Bruno Krieg sich mit dem Wagen dem Grenzposten näherte tauchten plötzlich rechts und links seines Wagens die bewaffneten Beamten auf. Angesichts der Übermacht, ergab er sich nach kurzer Überlegung, widerstandslos.

*

Kaum hatte ich mich von Frau Krieg verabschiedet und war in unser Büro zurückgekehrt, da stürmte Alain ins Büro. „Ich denke, wir haben ihn. Soeben ist eine Meldung von der Grenzstelle Castasegna, am Fusse des Malojapasses gekommen. Das musst du mal lesen." Daraufhin überreichte mir Alain eine Mitteilung der Bündner Kollegen.
Ich las die Nachricht und mir lief es kalt den Rücken hinunter.
Wir informierten sofort unseren Chef und danach war es mir ein Vergnügen, den Staatsanwalt davon in Kenntnis zu setzen.
„Herr Rupp, guten Tag", sagte ich gut gelaunt.
„Ja, was gibt's, ich habe nicht viel Zeit.", antwortete er eher unfreundlich.
Der Täter vom Mordfall Wilchinger ist verhaftet. Er befindet sich zurzeit in Castasegna, am Grenzübergang zu Italien.
„Was heisst der Täter? Die Täterin sitzt meiner Meinung nach im Bezirksgefängnis Zürich."
„Das war bisher die Meinung der Mehrheit. Jetzt aber, hat sich das Blatt zu Gunsten der

Angeschuldigten gewendet. Daraufhin erzählte ich ihm das Vorgefallene soweit ich es wusste.
„Ich denke, dass ich noch heute nach Chur fahren werde, um dort eine erste Einvernahme mit Bruno Krieg zu machen. Er wird baldmöglichst dorthin überführt. Ich weiss ja nicht, wie lange es dauert bis Bruno Krieg danach nach Zürich verschoben wird. Die Bündner werden mit Sicherheit eine Fallübernahme nach Zürich beantragen, da das Tötungsdelikt im Kanton Zürich höher einzustufen ist als das Verbrechen im Bündnerland."
„Von mir aus, machen sie das wie sie wollen." Dann legte er auf. Es fiel ihm offensichtlich schwer zuzugeben, dass er sich getäuscht hatte.
Nun bat ich Alain, den Anwalt von Bruno Krieg anzurufen und die für heute Nachmittag vorgesehene Befragung abzusagen.
„Du kannst ihm ruhig erzählen, was geschehen ist, so weiss er auch gleich dass sein Schützling nicht so unschuldig ist wie er sich darzustellen versucht."
Nach Rücksprache mit den Bündner Kollegen und meinem Chef Walter Anders, fuhr ich gegen Mittag los in Richtung Chur.

In der Autobahnraststäte „Heidiland" schaltete ich einen kurzen Halt ein und ass etwas Kleines. Ich wusste ja nicht, wann sich das nächste Mal die Gelegenheit dazu bieten würde.
Wie mit den Bündner Kollegen abgemacht, traf ich pünktlich um 14:00 Uhr an der Oberalpstrasse 2, in Chur ein, wo mich der Kollege Tom Wachter empfing.
„Hallo Kollege, bist du gut gefahren?"
„Kein Problem, der Verkehr hielt sich in Grenzen.", antwortete ich.
„Vor ca. einer Viertelstunde wurde dieser Bruno Krieg hierher überführt."
Wir werden ihn zum Vorfall am Maloja befragen.
„Ich gehe, wie schon gesagt, davon aus, dass Bruno Krieg in Zürich einen Nebenbuhler erschossen hat. Ich wäre froh und dankbar, wenn ich ihn dazu befragen könnte. Er wird ja die nächsten Tage sowieso hier bleiben, dann könntet ihr ihn morgen noch zum Vorfall am Maloja befragen. Ihr habt ja auch die Möglichkeit, ihn 24 Stunden festzuhalten ohne Haftbefehl und einen solchen werdet ihr nach all dem was passiert ist, sowieso bekommen. Mir ist einfach wichtig, dass ich ein Geständnis habe so schnell wie möglich, damit ich eine

verdächtige Person frei lassen kann welche deswegen in U-Haft sitzt. Ist das so für euch in Ordnung?"
„Kein Problem. Wir konnten uns bisher sowieso noch nicht genügend über das Vorgefallene informieren und sind froh, wenn wir noch bis morgen Zeit haben um uns richtig darauf vorzubereiten."
Tom Wachter führte mich in ein leerstehendes Büro wo ich mich mit meinem Laptop in Ruhe einrichten und die Befragung vorbereiten konnte.
„Du meldest dich einfach, wenn wir dir den Mann bringen sollen", sagte er noch, bevor er das Büro verliess.

*

Alain rief, nach Rücksprache mit unserem Chef, Walter Anders, Sonja Krieg an.
„Hallo Frau Krieg, hier ist Bayard von der Mordkommission am Apparat.", begann er das Gespräch.
„Wie geht's meinem Mann, habt ihr ihn gefunden?", wollte sie ganz aufgeregt wissen.
„Ihrem Mann geht es gut. Er konnte an der Grenze zu Italien kontrolliert und angehalten werden. Er befindet sich zurzeit in der Obhut der Bündner Polizei. Allerdings wird er eine

Zeitlang dort bleiben, ehe er nach Zürich überführt wird."
„Heisst das, er wurde festgenommen?"
„Ja, das ist leider so. Ich kann ihnen keine erfreulichere Nachricht geben. Aber trösten sie sich, ihm ist nichts passiert."
„Aber darf ich wissen, was der Grund dieser Verhaftung ist? Meines Wissens kann er ja nicht festgenommen werden, nur weil er durch mich als vermisst gemeldet wurde oder?"
„Das ist richtig, leider kann und darf ich ihnen noch keine weiteren Details bekannt geben. Ich wollte sie nur informieren, dass es ihm gut geht und sie sich diesbezüglich keine Sorgen mehr zu machen brauchen."
„Das ist nett von ihnen, vielen Dank. Aber bitte, halten sie mich auf dem Laufenden."
„Das werde ich, soweit ich es darf und kann."
Mit diesen Worten verabschiedete sich Alain von der ziemlich aufgeregt wirkenden Frau.
Es dauerte keine halbe Stunde, da tauchte Frau Krieg auch schon in unserer Dienststelle auf.
„Ich mache mir Vorwürfe, dass ich die Anzeige gemacht habe. Nun wird er wegen mir festgehalten wie ein Häftling und dabei stand er doch sein ganzes Leben auf der andern Seite und hatte selbst mit Häftlingen zu tun."

„Ich kann verstehen, dass sie sich Vorwürfe machen und ihre Anzeige in Frage stellen. Sie dürfen sich aber keine Vorwürfe machen, Frau Krieg. Es war genau das Richtige, was sie getan haben. Ohne ihre Anzeige, wäre es bestimmt noch viel schlimmer gekommen.
„Was ist denn so schlimm? Können sie mir nicht wenigstens eine Andeutung machen. Sie brauchen ja nicht in Einzelheiten zu gehen."
„Wie ich ihnen schon gesagt habe, darf und kann ich ihnen momentan keine näheren Angaben machen. Ich selbst kenne ja noch keine Details. Mein Kollege, Franz Buck ist zur Zeit im Kanton Graubünden und trifft sich mit ihrem Mann. Soviel kann ich ihnen sagen, mehr leider nicht."
Daraufhin verliess Sonja Krieg, wenn auch unzufrieden, unsere Dienststelle.

*

Ich hatte mich eingerichtet und nun konnte mir Bruno Krieg vorgeführt werden.
Es dauerte keine zehn Minuten, bis es an die Bürotür klopfte und mein Ex-Kollege hereingeführt wurde.
„Du kannst ihm die Handschellen abnehmen, sagte ich zu meinem Bündner Kollegen und

Bruno Krieg bat ich, auf dem Stuhl mir gegenüber Platz zu nehmen.

Bevor ich zu schreiben begann, redete ich erst einmal mir ihm.

„Was hast du dir nur dabei gedacht? Einen grösseren Scheiss hättest du wohl kaum anrichten können, ist dir das bewusst?"

Nach kurzem Schweigen entschied er sich offensichtlich zur Kooperation.

„Natürlich ist es mir jetzt auch bewusst. Ich war einfach verzweifelt und habe überreagiert. Danach konnte ich nicht mehr zurück und musste es halt durchziehen."

„Das verstehe ich. Ich werde dich aber nicht zum Vorfall am Malojapass befragen, das überlasse ich den Bündner Kollegen. Was mich interessiert ist das Tötungsdelikt an Thomas Wilchinger in Zürich. Dass du damit zu tun hast lässt sich jetzt ja kaum mehr abstreiten nachdem was du heute veranstaltet hast oder?"

„Unbewegt schaute er auf den Tisch vor sich, als wolle er mit den Augen ein Loch in die Tischplatte brennen. Lange Zeit wurde kein Wort mehr gewechselt. Ich liess ihm die nötige Zeit sich zum Reden zu entscheiden. Schliesslich wurde er unruhig und plötzlich begann er zu reden.

„Ich wollte ja nach Paris fahren zum Fussballspiel. Ich hatte bereits Eintrittskarten und Bahnbillett gekauft...."

Jetzt folgte eine längere Pause. Offensichtlich war die Hemmschwelle noch zu gross um das Tötungsdelikt zu gestehen.

„Und, warum bist du trotzdem nicht gegangen?", forderte ich ihn nach einer Weile zum Weiterreden auf.

„Ich, ich.... war so wütend."

„Wütend auf Thomas Wilchinger weil er mit deiner Frau geschlafen hat? Das kann ich einigermassen nachvollziehen." Damit versuchte ich auf kollegialer Basis, ihn zum vollen Geständnis zu bringen.

„Ja, logisch. Als ich dann beim Schiesstraining zufällig unmittelbar neben Bettina eingeteilt wurde und neben ihr stand.... Erst da reifte in meinem Kopf der Gedanke".

„Und da hast du die Pistolen getauscht. Ja?"

„Ja, logisch. Das hast du mir ja schon in Zürich vorgehalten."

„OK. Und dann, wie ging es weiter?"

„Ich wusste, dass Thomas regelmässig nach der Arbeit im Wald oberhalb des Restaurants Ziegelhütte in Schwamendingen joggt. Ich musste nur abwarten bis er vorbei kam. Ausser uns beiden war kein Mensch weit und breit. Ich stellte mich ihm in den Weg und dann schoss ich einfach. Er war sofort tot. Dann schleppte ich ihn ins Gebüsch und ging weg."

„Und, wie kam er dann in die Limmat?"

„In der folgenden Nacht fuhr ich mit dem Auto in den Wald, nachdem ich den Kofferraum mit Plastik ausgelegt hatte. Ich lud die Leiche ein und fuhr zur Limmat an die Winzerhalde und dort wo der Fluss fast bis an die Strasse grenzt, warf ich ihn ins Wasser. Dabei war ich mir sicher, alle Spuren verwischt zu haben. Ich dachte nicht, dass ihr auf mich kommen würdet. Wenn es für mich nicht so Scheisse wäre, würde ich dir gratulieren"

„Aber dass dafür Bettina unschuldig ins Gefängnis musste, das war dir schon bewusst oder? Hat dir das gar nichts ausgemacht?"

„Die Kuh ist ja selber schuld. Hätte sie sich ein wenig besser um Thomas gekümmert, dann hätte er nicht unter dem Zaun durchfressen müssen."

„Das ist auch eine Einstellung. Allerdings eine, die ich nicht mit dir teilen kann."

Gerne hätte ich ihm alle Schande gesagt, aber ich musste mich beherrschen, ich wollte schliesslich von ihm ein schriftliches Geständnis.

„Und wie kam die Pistole zu Bettina zurück?",
wollte ich noch wissen, bevor ich die Einvernahme begann.
„Das war kein Problem. Ich begab mich an ihren Arbeitsort im Polizeiposten, als sie frei hatte, unter dem Vorwand mit einem Kollegen sprechen zu wollen. Ich trank dort einen Kaffee und wir führten Small Talk. Dann begab ich mich angeblich auf's WC. Ich wusste, dass im Korridor zum WC die Garderobenkästchen der Mannschaft stehen. Die Kästen sind mit den Namen angeschrieben und so war es keine Kunst, den richtigen zu finden".
„Aber der war ja sicher verschlossen oder?", bemerkte ich.
Jetzt schaute er mich fast beleidigt an.
„Bin ich vom Technischen Dienst oder nicht? Wenn ich ein so simples Schloss nicht innert weniger Sekunden öffnen kann, dann bin ich wohl am falschen Ort. Glaubt du nicht?"
„OK, du hast gewonnen. Nun wollen wir das Ganze noch auf Papier festhalten. Oder willst du einen Verteidiger dabei haben?"
„Nein, für was? Er kann meinen Fehler auch nicht rückgängig machen. Es reicht, wenn er später dazu kommt und versucht eine möglichst geringe Strafe heraus zu holen. Was ich getan habe weiss ich und dafür werde ich

wohl verurteilt. Da komme ich nicht darum herum."
Daraufhin begann ich die offizielle Einvernahme. Thomas Krieg war wie schon mündlich, auch in der schriftlichen Befragung in allen Teilen geständig.
Kaum fertig, rief ich den Staatsanwalt Rupp an und bat ihn, Bettina aus der U-Haft zu entlassen. Er war allerdings sehr hartnäckig und verlangte das Geständnis in schriftlicher Form. Ich legte die paar Seiten auf das Faxgerät im Polizeiposten Chur und sandte sie ihm. Danach konnte ich frohen Mutes nach Zürich zurückkehren.

*

Aufgrund des allabendlichen Werkverkehrs reichte es mir nicht mehr ins Büro, während der normalen Bürozeit. Ich entschloss mich deshalb, direkt nach Hause zu fahren.
Dort angekommen, rief ich zuerst Karin an und danach versuchte ich, Bettina Probst zuhause zu erreichen. Ich wollte wissen, ob sie tatsächlich noch heute entlassen worden war.
Ich war sehr erleichtert, als sie sich am Telefon meldete. Ich erklärte ihr was ich bis jetzt wusste und sie fand keine Worte um sich bei mir zu bedanken.

„Das ist schon OK", sagte ich zu ihr. „Das ist ja schliesslich mein Job. Es tut mir leid, dass du so lange unschuldig sitzen musstest."
„Weisst du was?", sagte sie plötzlich. Ich möchte dich als Dank zu einem Nachtessen in ein gutes Restaurant einladen. Wäre das OK für dich?"
„Ich habe eine bessere Idee. Ich lade Dich und meine Freundin bei mir zuhause ein und ich werde uns etwas kochen. Einverstanden?"
„Kannst du das?" fragte sie noch.
„Ich denke schon", sagte ich. „Für das reichen meine Kochkünste gerade noch."
Ich besprach mich noch kurz mit Karin und anschliessend verabredeten wir uns für den kommenden Samstagabend.

*

Nach kurzer Überlegung stand in meinem Kopf auch schon das Menu fest.
Ich werde etwas Spezielles kochen das man nicht jeden Tag isst.
Zuerst einen grünen Mischsalat mit Pilzen,
Dann einen Rehrücken „Mirza" vom Sommerbock mit Spätzli und Rotkraut und Rosenkohl. Zum Dessert werde ich eine gebrannte Creme servieren.

Den Rehrücken musste ich beim Metzger vorbestellen, die restlichen Zutaten würde ich am Freitag besorgen. Ich konnte das Wochenende kaum erwarten.

Am Samstag gegen Mittag ging ich einkaufen und danach begann ich zuhause mit den Vorbereitungen.

Ich häutete den Rehrücken, schnitt ihn dem Rückgrat entlang ein. Dann bepinselte ich ihn mit einem Gemisch aus Olivenöl und Cognac. So liess ich ihn ca. zwei Stunden stehen. Kurz bevor ich ihn im 250 Grad heissen Ofen beidseitig anbriet würzte ich ihn noch mit Salz und Pfeffer. Nach dem Anbraten, wickelte ich den Rücken in eine Alufolie, schaltete den Ofen aus und steckte ihn in den sich abkaltenden Ofen.

Schlussendlich löschte ich den Fond mit einem Schluck Weisswein ab und gab ein wenig Bratensauce dazu. Ich halbierte grosse Traubenbeeren und entkörnte sie. Diese wärmte ich in heissem Wasser auf und mischte sie kurz vor dem Servieren unter die Sauce, wobei ich auch noch einen Schluck Rahm dazu gab um sie noch zu verfeinern.

Zur Garnitur gehören natürlich noch halbierte ausgestochene Äpfel, pochiert in einem Weisswein/Wasser/Zucker Gemisch und gefüllt mit Preiselbeeren Konfitüre.

Den Spätzliteig rieb ich durch das Spätzlisieb in kochendes Salzwasser. Ein zweites Wasser stellte ich bereit um die Spätzli in klarem Wasser fertig zu garen. (So werden sie fester und weniger schleimig) Danach gab ich sie in zwei Schichten in eine Platte und bestreute die Schichten mit geriebenem Käse. Zuoberst legte ich noch braun geröstete Zwiebelringe und verteilte vor dem Servieren etwas braune Butter darüber.

Natürlich gehört auch noch Rosenkohl und Rotkraut mit glasierten Maronis dazu und fertig ist das Gericht.

Als meine Gäste eintrafen, war ich mit den Vorbereitungen fertig und wir konnten gemeinsam mit einem kleinen Apéro beginnen. Eigentlich wollten wir nicht mehr über den Fall reden, doch die Sache lag wie eine Glocke über uns und liess uns nicht los. Schliesslich fragte mich Bettina, „Was wird jetzt mit Bruno geschehen?"

„Die Bündner Kollegen werden den Vorfall bearbeiten der sich auf ihrem Gebiet abgespielt hat", erklärte ich ihr. „Danach wird Bruno mitsamt allen Papieren nach Zürich überführt, wo das Tötungsdelikt und die Delikte vom

Bündnerland von der hiesigen Staatsanwaltschaft behandelt werden."

„Und was glaubst du, was wird ihm blühen?"

„Ich könnte mir vorstellen, dass die Anklage aufgrund der Vorbereitungshandlungen und allem was dazu gehört, nicht auf Totschlag, sondern gemäss StGB 112, auf Mord, lauten wird", klärte ich sie auf.

„Und was erwartet ihn dann?"

„Ich schätze, dass er zwischen zehn und fünfzehn Jahren kassieren wird."

„So viel?" antwortete sie erstaunt. „jetzt tut er mir fast ein wenig leid."

„Das muss er nicht. Ihm wäre es nämlich am Hintern vorbei gegangen, wenn du unschuldig über mehrere Jahre im Gefängnis gesessen hättest. Verstehst du?"

„Ja, da hast du auch wieder recht."

Darauf nahm ich mein Glas zur Hand und sprach ein Machtwort.

„So, und nun lasst uns nicht mehr über diesen Fall sprechen, sondern den Abend in vollen Zügen gemütlich geniessen, Prost!"

ENDE

Peter J. Hoff, ist 1948 im Zürcher Oberland geboren und dort aufgewachsen. Schon früh, mit 14 Jahren verliess er das Elternhaus für einen einjährigen Sprachaufenthalt in Frankreich. Aus dem geplanten Jahr wurden schliesslich deren zehn.
Während dieser Zeit absolvierte Peter J. Hoff eine Koch- und Kellnerlehre, sowie die Hotelfachschule.
1972 kehrte er in die Schweiz zurück und arbeitete noch drei Jahre im Gastgewerbe, bis er 1975 in die Polizeischule eintrat. Nach erfolgreichem Abschluss derselben, arbeitete er sich durch verschiedene Abteilungen der Polizei. Die letzten 15 Jahre seines Berufslebens befasste er sich ausschliesslich mit Tötungsdelikten und Gewaltverbrechen.
Im Jahr 2013 trat er in den Ruhestand und betätigt sich nun als Krimiautor.

Weitere Titel von Peter J. Hoff, aus der Reihe
„Zürich, im Licht der Dunkelheit"

**Band 1
Das andere Gesicht**
ISBN 978-3-7392-4956-8

Mit seinen Mordermittlungen sticht Franz Buck in ein Wespennest ungeahnten Ausmasses. Das Tötungsdelikt wird dabei zur Nebensache.

**Band 2
Wellen am ruhigen Seeufer**
ISBN 978-3-8370-3709-8

Für Geld und Macht sind manche Menschen zu allem fähig. Es stört sie auch nicht, wenn andere dafür büssen müssen. Sie gehen Wort wörtlich über Leichen. Ein Krimi, wie aus der Realität gerissen.

**Band 3
Vergessen? Nie!**
ISBN 978-3-8448-1821-5

Franz Buck ist sich gewohnt, Mörder und andere Schwerverbrecher zu jagen. Was aber passiert, wenn er selbst zum Gejagten wird? Wenn im kranken Hirn eines Verbrechers plötzlich der Gedanke reift, sich an dem Mann zu rächen, der ihn hinter Gitter gebracht hat?